風箏·風箏

Cerf-volant·Cerf-volant
Kite·Kite

许　峰◎著

法文翻译◎何春燕　胡瑞娟　杨薪筑
英文翻译◎许　峰　张　敢　肖延栋

中国出版集团
研究出版社

图书在版编目 (CIP) 数据

风筝 风筝：汉文、英文、法文 / 许峰著 . -- 北京：研究出版社，2021.8

ISBN 978-7-5199-1060-0

Ⅰ . ①风… Ⅱ . ①许… Ⅲ . ①故事 – 作品集 – 中国 – 当代 – 汉、英、法 Ⅳ . ① I247.81

中国版本图书馆 CIP 数据核字 (2021) 第 168387 号

出 品 人：赵卜慧
责任编辑：张　琨
助理编辑：朱唯唯
法语审读：罗杨帆

风筝 · 风筝
FENGZHENG FHENGZHENG

许　峰　著
法文翻译：何春燕　胡瑞娟　杨薪筑
英文翻译：许　峰　张　敢　肖延栋

研究出版社 出版发行
（100011　北京市朝阳区安华里 504 号 A 座）

北京汇瑞嘉合文化发展有限公司　新华书店经销

2021 年 8 月第 1 版　2021 年 8 月北京第 1 次印刷
开本：889 毫米 × 1194 毫米　1/16　印张：23.25
字数：120 千字

ISBN 978 – 7 – 5199 – 1060 – 0　定价：88.00 元

邮购地址 100011　北京市朝阳区安华里 504 号 A 座
电话（010）64217619　64217612（发行中心）

序

《风筝·风筝》是一部致敬之作，是对创作新中国第一部中外合拍电影，也是新中国第一部彩色儿童故事片《风筝》主创人员和演职人员的一次致敬。

1959年6月1日上映的电影《风筝》，是以电影梦的方式寻找友谊的一部影片，这部电影的上映促进了中法之间的建交，开创了新中国电影外交的先河。62年后，也就是2021年6月1日上映的纪录电影《风筝·风筝》以真实记录的方式，讲述了中法两国人民之间民心相通的故事，展示了中法人民之间的友谊。这部电影的上映谱写了新的佳话。2019年3月24日，习近平总书记出访法国前一天，在法国巴黎举行的"光影流年——中法友好故事会"活动中，纪录电影《风筝·风筝》宣传片首发，这部影片也记录了习近平总书记出访法国巴黎时，法国街道的情景。2019年11月4日，北京时间20点55分，法国国家电视台TV5Monde播出了反映中法友谊的66分钟纪录片《风筝·风筝》，法国电视台选择这一天播出，也是为了配合法国总统马克龙出席在上海举行的中国国际进口博览会。

《风筝·风筝》这部电影上映后，有人评价：影片朴实、真切、温暖；人物生动形象、有质感、有烟火气、叙事有致；有人说它是一部接地气的纪录片，厚重而灵动，质朴而有意蕴；有人说这部片子用电影表达电影是一种创新；有人说这部电影非常有意思，丰富了知识，开阔了眼界；有人说看了这部电影，觉得法语是一种非常重要的语言，坚定了学习法语的信心；有人说看了这部电影很感动，流了几次眼泪；有人说记住了风筝不断线；有人说这部电影不落窠臼，创新纪实表达，是用艺术讲好中国故事的精品力作，是以百姓视角彰显中法人民60年友谊的国家相册……

我觉得这部电影是两代电影人心灵的对话，是当代电影人对当年电影人的致敬，也是用电影这种艺术形式架起的不同文明、不同国度、民心相通的桥梁。

由我们中央新闻纪录电影制片厂（集团）、五洲传播出版社等单位联合摄制，我们集团导演许峰撰稿的《风筝·风筝》成书之际，用这段文字表示祝贺，也期待这部影片和这部书能得到大家的喜欢。

中央新闻纪录电影制片厂（集团）副总经理

郭本敏

Préface

Cerf-volant·cerf-volant marque une œuvre d'hommage rendue aux créateurs et acteurs de la création du premier film de coproduction sino-étrangère en Chine nouvelle - premier long métrage en couleur pour enfants *Cerf-volant du bout du monde* en Chine nouvelle.

Le film *Cerf-volant du bout du monde*, projeté le premier juin 1959, fut à la recherche de l'amitié à travers le rêve de film. Sa sortie dans les salles de cinéma favorisa l'établissement des relations diplomatiques entre la Chine et la France et créa un précédent de la diplomatie cinématographique de la Chine nouvelle. 62 ans plus tard, le film documentaire *Cerf-volant·cerf-volant*, projeté le premier juin 2021, a présenté un récit du lien de peuple à peuple, entre la Chine et la France, de façon à ce que les choses soient enregistrées de manière véridique, pour représenter l'amitié entre les deux pays. La sortie et la diffusion de ce film ont fait de nouvelles histoires. Le 24 mars 2019, soit la veille de la visite du secrétaire général XI Jinping en France, la première sortie du film promotionnel de *Cerf-volant·cerf-volant* fut diffusée lors du spectacle *Lumière au fil du temps - histoire d'amitié sino-française* tenu lieu à Paris, qui présenta également les scènes des avenues françaises pendant la visite du secrétaire général XI Jinping à Paris. Le 4 novembre 2019, à 20h55, heure de Pékin, la chaîne de télévision nationale française TV5Monde diffusa ce documentaire *Cerf-volant·cerf-volant* de 66 minutes représentant l'amitié sino-française. TV5Monde choisit cette journée pour coïncider avec la présence du président français Macron à l'Expo d'Import International de Chine à Shanghai.

Après la projection du film *Cerf-volant·cerf-volant*, il y a des commentaires « c'est un film simple, authentique, doux, vivant ayant une texture, un souffle de vie et une belle narration ». Certains disent que « c'est un documentaire bien vivant, lourd mais intelligent, sincère et significatif ». Il y a des voix qui se font entendre que « ce film est utilisé pour exprimer le film comme une innovation ». Encore certains pensent qu'« il est très intéressant, nous fait enrichir les connaissances et élargir l'horizon ». Il y a des personnes qui croient qu'« après l'avoir vu, ils trouvent que le français est une langue très utile et ça renforcent leur confiance dans l'apprentissage du français ». D'autres disent qu' « ils sont très émus de le voir et ont laissé plusieurs larmes ». Et certaines personnes racontent qu'« ils se souviennent que le cerf-volant qui ne casse pas son fil ». Il y a encore du monde exprimant que « ce film ne suit pas les sentiers battus, est en effet une expression documentaire innovante, marque un chef-d'œuvre pour narrer des histoires chinoises à travers l'art, constitue un album photo national montrant l'amitié de 60 ans entre les peuples sino-français du point de vue des personnes ordinaires... »

J'ai l'idée que ce film apparaît comme un dialogue cœur à cœur de deux générations de cinéastes, et marque en effet un hommage rendu par des cinéastes contemporains aux ceux de l'époque. C'est également un pont de compréhension mutuelle des peuples construit par l'art de cinéma parmi les différentes civilisations et différents pays.

Coproduit par Studio central d'Actualités et de Films documentaires de Chine (Groupe) et Centre de Communication International de Chine (CICC), à l'occasion de l'aboutissement du livre *Cerf-volant·cerf-volant* rédigé par le réalisateur XU Feng de notre groupe, je tiens à l'en féliciter par ce texte et j'espère que ce film, ainsi que ce livre seront appréciés par tout le monde.

Guo Benmin

Studio Central d'actualités et de films documentaires de Chine (Groupe)

Preface

The documentary film *Kite·Kite* is a tribute to the creators and cast members of *The Magic of the Kite*, the first Chinese-foreign co-produced film in New China and also the first color children's feature film in New China.

The film *The Magic of the Kite*, released on June 1, 1959, was themed to find friendship through film dream. The release of this film promoted the establishment of diplomatic relations between China and France and created a precedent for the film diplomacy of New China. 62 years later, the documentary film *Kite·Kite*, released on June 1, 2021, tells the story of the people-to-people bond between the Chinese and French peoples in a documentary way, demonstrating the friendship between the Chinese and French peoples. The release and broadcast of this film composes a new good story. On March 24, 2019, the day before General Secretary Xi Jinping's visit to France, the promotional video of the documentary film *Kite·Kite* was released in the cultural event "Souvenir of the Passage of Time: Sino-French Friendship Stories" held in Paris, France. This film also recorded the scenes of French streets when General Secretary Xi Jinping visited Paris, France. At 8:55 pm Beijing time on November 4, 2019, the French national TV station TV5MONDE broadcasted the 66-minute documentary *Kite·Kite*. That the French TV station chose to broadcast it on this day was to cooperate with French President Macron's attendance at the China International Import Expo in Shanghai.

Since the film *Kite·Kite* was released, some people comment that the film is plain, authentic and warm, with vivid characters, sense of reality, flavor of life and coherent narrative. Some say that it is a down-to-earth documentary, deep and smart, simple, and meaningful. Some say that it is a kind of innovation to express film with film. Some say that this film is very interesting, enriching knowledge and broadening the horizon. Some say that after watching this film they think French is a very important language and their confidence of learning French is strengthened. Some say that they were moved by this film and tears ran down several times. Some say that they remembered "the string of the kite never breaks". Some say that the film is unconventional and innovative in documentary expression, and is a masterpiece of telling Chinese stories in art, and is a national photo album that highlights the 60 years of friendship between the Chinese and French peoples from the perspective of the common people.

In my opinion, this film is a dialogue between the minds of two generations of filmmakers, a tribute paid by the contemporary filmmakers to those of that year, and a bridge built by the art form of film to connect the people of different civilizations and countries.

Congratulations with these passages on our Group's director Xu Feng for the completion of this book *Kite·Kite* and for the documentary film *Kite·Kite* which was written by him and co-produced by our unit China Central Newsreels and Documentary Film Studio (Group), China Intercontinental Communication Center (CICC) and other units. Look forward to your enjoyment of this film and this book.

Guo Benmin

Deputy General Manager of Central Studio of
News Reels Production (Group)

风筝，放飞我们的理想和希望

——纪录电影《风筝·风筝》观后

张思涛

（一）

从手机中看到《风筝·风筝》即将上映的消息，不禁引起我一段少年时代的回忆。

那是1959年（转眼62年过去了！）。

那时我还是一个15岁的少年，戴着红领巾，在上海五四中学念初三。

那天下午（也许就是“六一”，放假半天），我从茂名北路家中步行到延安中路“上海福利会儿童艺术剧院”，买票看了一场电影《风筝》。

买票花了多少钱？好像只有两毛多，回想起来却是我少年时代看电影“最贵”的一次。当时我爱好文学，也爱看电影，因为家里弟妹多经济困难，看电影一般都会到三轮影院或者看“早早场”儿童专场，这次我由于提前从报刊上得知这是“第一部中外合拍电影”，又是“第一部彩色儿童故事片”，因此早就“望眼欲穿”，有点“迫不及待”了，抢着看了个“头轮”“首场”。

这部儿童片，我至今还能记得故事大概：法国小朋友比埃罗和尼可尔兄妹俩，中国小朋友宋小青和他的同学们，一只风筝连接起他们的友谊，还有七十二变的孙悟空，从风筝上走下来了……

神奇的故事，绚丽的画面，生动的人物和故事，中法两国人民友谊的崇高主题……这些深深吸引了一个年轻的“文学爱好者”，当晚我不禁“文思如泉涌”，连夜写下一篇千余字的“影评”，第二天便寄给了《少年文艺》杂志。

当时完全没有想到，“电影”后来成了我的终生职业，我在电影界已经四十年，那篇文笔稚嫩的“影评”也许可以算是我“加入”电影事业的开端。

（二）

我把上面这些童年回忆告诉了《风筝·风筝》影片撰稿人和总导演之一，也是我的年轻朋友许峰先生。

今年6月1日，许峰导演请我去看《风筝·风筝》。

走进放映厅之前，我对许峰说：你的纪录片有个好构思，相信能拍出一部好片子。

影片刚放完，响起一片掌声，全体观众包括在场的几位法国、美国朋友，纷纷鼓掌向两位总导演表示祝贺！

《风筝·风筝》确实是部不错的纪录电影。

首先是有一个好的构思。构思很重要，无论故事片还是纪录片，构思是从生活走向艺术的桥梁，好构思是成功的艺术创造走出的第一步。纪录片《风筝·风筝》从上世纪五十年代一部电影《风筝》的拍摄和传播着眼，寻访影片几位主创的人生经历，时间跨度60多年，空间跨度半个地球；这里有广阔的时空背景，有艺术形象与生活真实的相互映照，也有不同文化的对比描写，等等。影片从几个小人物的故事折射出中法两国人民的友谊及其发展，从一部电影的命运表现出人类的理想和希望。构思比较巧妙，比较独特，也比较完整，尤其符合“即小见大”“由个别到一般”的艺术规律。

其次是有一个好的故事。故事片关键在编写一个好故事，纪录片则应重在生活记录，但是《风筝·风筝》这部纪录片也给观众编织了一个比较完整的故事。除了通过采访后人叙述中方编导王家乙，法方编剧安东尼和导演罗吉的故事外，影片重点放在对当年《风筝》中方小演员刘祥生（宋小青扮演者）、华卫民（周佩琴扮演者）和法方小演员希尔维娅娜（尼可尔扮演者）三人的跨洋寻访，讲述他们当年的“演员”经历以及60多年来的命运变迁，特别描写了他们为延续童年友情而再次飞越大洋实现互访和欢聚的动人故事。这本身就是一个好故事，有悬念、有情感、有意义、令人感动，令人掛念，构成作品的完整情节。

值得一提的是，《风筝·风筝》以当年三个小演员作为主体故事，同时又延伸出了青年画家王涵、二胡演奏家果敢、太极拳拳师申思等几位旅法华人的故事，以及音乐家雅尔、农艺师马丁、电视制作人罗诺瓦等法国友人在中国播种友谊种子的故事，使影片表达的“中法友好”主题由点及面，展示出更加广阔的社会生活内容。我理解编导者的意图，影片也实现了这个意图。但是我又想到，这些描写作为“副线”也可能是有利有弊的，它伸展了主题，却可能松散了结构。如果换一种写法，集中篇幅，再发掘、深挖一下“三个小演员”的故事，又将如何呢？艺术创作有时有其得必有其失，这个问题似乎可以留作讨论。

最后，影片有一个好的意义。影片的意义不仅仅是表达了“中法两国人民友谊”这个大主题，正如片中主题歌反复咏唱的：“风筝风筝，飞呀飞，连接友谊和文明，放飞理想和希望”。《风筝·风筝》的拍摄不单单庆祝了中法建交55周年，而且它使我们感受到，世界各国人民不论民族信仰肤色语言，同住一个地球村，共处“人类命运共同体”，影片中的风筝向世界人民传播了中华民族的希望和理想，那就是反对霸权、杜绝战争，向往人类的和平、理解、友好、合作、文明和进步。这正是《风筝·风筝》的深层意义。

（三）

纪录片《风筝·风筝》描写了故事片《风筝》三个小演员的人生故事，也带出了当年一个普通小观众与影片《风筝》发生的小故事。

我作为当年那个小观众，“故事”是微不足道的。但我为此写了第一篇“影评”，没有想到后来还选择了电影作为终身职业。这倒并不是宋小青扮演者刘祥生所说的“机缘巧合”，而是国家的“改革开放”使我们实现了个人的人生理想。

纪录片《风筝·风筝》揭示了电影作为当代艺术具有重要的社会功能，除了历来所说“认识、教化、审美与娱乐”，有时它还会承担起某种特别的社会和政治功能。正如“乒乓外交”推动中美建交，电影《风筝》也促进了五年后的中法建交。

这是电影《风筝·风筝》向我们显现的“第二主题”。

我为自己一生从事电影工作而感到荣幸，感到满足。

《风筝·风筝》增强了我们每一个电影工作者的荣誉感和社会责任感。

这也是要感谢《风筝·风筝》的。

（本文作者张思涛，曾任中宣部文艺局影视处处长、中国电影家协会书记处书记、秘书长、国家广电总局电影剧本中心主任）

Cerf-volant, fait voler nos idéaux et espoirs

——- Commentaire sur le film documentaire
Cerf-volant·cerf-volant

ZHANG Sitao

I

La nouvelle de la sortie prochaine de *Cerf-volant·cerf-volant* sur mon telephone portable me rapelle des souvenirs de ma jeunesse.

C'était en 1959 (Du coup, 62 ans se sont passés !).

J'étais alors un garçon de 15 ans portant un foulard rouge et j'étais en troisième année de l'Ecole secondaire du 4 Mai à Shanghai.

Cet après-midi-là (soit peut-être la fête des enfants, une demi-journée de congé), j'ai marché de chez moi sur la rue du nord de Maoming pour aller au « Théâtre artistique pour enfants de l'Association d'assistance sociale de Shanghai » sur la rue du centre de Yan'an, et j'ai acheté un billet pour voir le film *Cerf-volant*.

Combien a coûté le billet? Il semblait que ce n'était que vingt centimes, mais rétrospectivement, c'était le billet « le plus cher » pour un film dans ma jeunesse. A cette époque, je me passionnais pour la littérature et le film. Comme il y avait plusieurs frères et sœurs dans la famille et à cause du problème d'argent, j'allais généralement au cinéma de troisième tour de projection ou voyais la« projection de matinée » la projection spéciale pour les enfants. Cette fois-ci j'ai appris en avance du journal que c'était« la prermière coproduction franco-chinois » et « le premier film en couleur de fiction pour enfants », donc, j'ai eu « un désir ardent » depuis longtemps, plutôt « une impatience » pour voir «le premier tour de projection » ou « la première présentation ».

Je me souviens encore de l'histoire de ce film pour enfants : les enfants français Pierrot et Nicole comme frère et sœur, les enfants chinois SONG Siao Tsing et ses camarades de classe, un cerf-volant reliant leur amitié, à cela s'ajouta le Roi des singes à 72 transformations qui était descendu du cerf-volant...

Histoires fantastiques, images magnifiques, personnages et histoires vivants, le noble sujet de l'amitié entre les peuples chinois et français... Ceux-ci ont profondément attiré un jeune « amateur de littérature ». Cette nuit-là, je n'ai pu m'empêcher d' « écrire l'inspiration littéraire qui déborde », et j'ai rédigé « une critique du film » avec plus de mille mots la nuit même, et je l'ai envoyée au magazine *Littérature pour jeunes* le lendemain...

A ce moment-là, je ne m'attendais pas à ce que « le cinéma » devienne plus tard ma carrière de vie entière. Je suis dans l'industrie du cinéma depuis quarante ans.

Cette « critique du film » lorsque la qualité de l'écriture est déficiente, faisait mes premiers pas dans la carrière du cinéma...

II

J'ai parlé de ces souvenirs d'enfance à mon jeune ami, M. XU Feng, qui est également l'un des scénaristes et réalisateurs en chef du film *Cerf-volant·cerf-volant*.

Le 1er juin de cette année, le réalisateur XU Feng m'a invité à voir *Cerf-volant·cerf-volant*.

Avant d'entrer dans la salle de projection, j'ai dit à XU Feng que « Ton documentaire a une bonne conception, en conséquence, je crois que tu pourras en faire un bon film. »

Le film venait de se terminer et les applaudissements fusaient, tous les spectateurs, dont plusieurs amis français et américains présents, applaudissaient et félicitaient les deux réalisateurs !

C'est vraiment un bon film documentaire.

Tout d'abord, il faut une bonne conception. La conception est très importante. Que ce soit dans les longs métrages ou les documentaires, la conception est le pont qui relie la vie avec l'art. Une bonne conception constitue la première étape vers une création d'art réussie. Le documentaire *Cerf-volant·cerf-volant* se concentre sur le tournage et la diffusion du film (*Cerf-volant du bout du monde*) dans les années 1950, retrouvant les expériences de vie de plusieurs créateurs du film, s'étendant sur une période de 60 ans et couvrant la moitié de la planète dans l'espace ; ici présent est un vaste arrière-plan temporel et spatial, des reflets mutuels d'images artistiques et de la vie réelle, ainsi que des descriptions contrastées de différentes cultures, etc. Le film traduit l'amitié et son développement entre les peuples chinois et français à partir des histoires de plusieurs petits personnages, et exprime les idéaux et espoirs de l'humanité à travers le destin du film. La conception est relativement ingénieuse, unique et complète, notamment en accord avec la loi artistique de « voir le grand du petit » et « du particulier au général ».

Deuxièmement, il faut avoir une belle histoire. La clé du long métrage consiste à la rédaction d'une belle histoire, tandis que le documentaire devrait porter sur l'enregistrements de vie, par contre, le documentaire *Cerf-volant·cerf-volant* tisse quand même une histoire relativement complète pour le public. En plus des interviews accordés aux générations futures sur le réalisateur chinois WANG Kia-Yi, le scénariste français Antoine et le réalisateur français Roger, le film met accent sur la recherche à l'étranger des trois acteurs du film *Cerf-volant du bout du monde* , soit LIU Xiangsheng, (acteur de SONG Siao Tsing), HUA Weimin, (actrice de ZHOU Peiqin) et Sylviane, (actrice française de Nicole), pour retracer leur expérience comme « acteur » et les changements de destin au fil des 60 dernières années. Ce film décrit surtout leur traversée de l'océan à nouveau pour continuer leur amitié d'enfance, ainsi que leur visite et rencontre mutuelle. C'est une bonne histoire en soi, pleine de suspense, émotion, signification, touchante et inquiétante, ce qui compose l'intrigue complète de l'œuvre.

Il est à noter que *Cerf-volant·cerf-volant* raconte l'histoire principal à traver des trois jeunes acteurs, tout en prolongeant les histoires de plusieurs chinois installés en France, tels que la jeune peintre WANG Han, le joueur d'erhu GUO Gan, et le professeur de Tai Chi SHEN Si, ainsi que les histoires du musicien Jarre, de l'agronome Martin, du producteur de télévision Launoy et d'autres amis « l'amitié sino-française » exprimé dans le film se composer des points au surface pour montrer un plus large contenu de la vie sociale. Je comprends l'intention du réalisateur, et ce film l'a de sa part accomplie . Par contre, j'ai eu l'idée que ces descriptions comme « lignes secondaires » peuvent probablement avoir des avantages et des inconvénients. Cela étire le thème, mais peut assouplir sa structure. Si vous écriviez d'une autre méthode d'écriture, concentriez sur la longueur et creusiez de façon plus profonde l'histoire des « trois jeunes acteurs » ? La création artistique a parfois ses gains et ses pertes. Cette question semble être laissée à la discussion.

Finalement, il faut un bon sens. L'importance du film n'est pas seulement d'exprimer le grand thème de « l'amitié entre les peuples chinois et français », comme on chante à maintes reprises la chanson thème du film : « Vole ! Vole ! Cerf-volant, relie l'amitié et la civilisation, fait voler les idéaux et espoirs... » Le tournage de *Cerf-volant·cerf-volant* a non seulement célébré le 55e annniversaire de l'établissement des relations diplomatiques entre la Chine et la France, mais nous a fait sentir que les gens du monde entier vivent dans le même village planétaire, autant que dans « une communauté de destin humain », quelle que soit leur éthnie, croyance, couleur de peau ou langue. Le cerf-volant dans le film répand aux peuples du monde les espoirs et idéaux de la nation chinoise, c'est-à-dire s'opposer à l'hégémonie, mettre fin à la guerre et aspirer à la paix, à la compréhension, à l'amitié, à la coopération, à la civilisation et au progrès de toute l'humanité. C'est le sens profond de *Cerf-volant·cerf-volant* .

III

Le documentaire *Cerf-volant·cerf-volan*t représente la vie des trois jeunes acteurs dans le long métrage *Cerf-volant du bout du monde*, et fait ressortir une petite histoire qui s'est produite à cette époque chez un petit spectateur ordinaire avec le film *Cerf-volant du bout du monde.*

En tant qu'un petit spectateur à l'époque, « l'histoire » était insignifiante. Mais j'ai écrit à cet effet la première « critique de film », et je ne m'attendais pas à choisir plus tard le cinéma comme carrière de vie. Ce n'est pas « un coup de chance » comme l'a dit l'acteur de SONG Siao Tsing, mais la politique nationale de « la réforme et l'ouverture » nous fais réaliser l'idéal de la vie.

Le documentaire *Cerf-volant·cerf-volant* révèle que le cinéma véhicule une fonction sociale importante en tant qu'art contemporain. En plus des fonctions comme « reconnaissance, éducation, esthétique et divertissement » traditionnellement parlant, le cinéma assume parfois une certaine fonction sociale et politique spécifique. Tout comme « la diplomatie de ping-pong » qui a favorisé l'établissement des relations diplomatiques sino-américaines, le film *Cerf-volant du bout du monde* a également promu l'établissement des relations diplomatiques entre la Chine et la France cinq ans plus tard. C'est « le deuxième thème » que nous montre le film *Cerf-volant·cerf-volant.*

Je me sens honoré et satisfait de travailler dans le cinéma toute ma vie. *Cerf-volant·cerf-volant* fait renforcer le sens de l'honneur et de la responsabilité sociale de chacun de nos cinéastes.

C'est également grâce à *Cerf-volant· cerf-volant.*

(Rédigé par ZHANG Sitao, ancien directeur du Service de cinéma et de télévision du Bureau des arts du Ministère de la Propagande centrale, secrétaire général du Secrétariat de l'Association des Cinéastes chinois)

Kites, Flying Our Ideals and Hopes

Review of the Documentary Film "Kite·Kite"

Zhang Sitao

I

On learning the message from my mobile phone that *Kite·Kite* would be released, I couldn't help recalling the memories of my teenage years.

That was in the year of 1959 (62 years passed in the twinkling of an eye!).

At that time, I was just a 15-year-old boy wearing a red scarf and was in Grade Three in Shanghai May-Fourth Middle School.

That afternoon (maybe it was June 1st, we had half a day off for the Children's Day), I walked from my home on Maoming North Road to the Shanghai Welfare Association Children's Art Theater on Yan'an Middle Road, and bought a ticket to watch a movie *The Magic of the Kite*.

How much did the ticket cost? It seemed only two dimes, but in retrospect, I realized that it was the "most expensive" movie I watched as a teenager. At that time, I loved literature and watching movies. Because I had many siblings and my family had financial difficulties, I usually went to the three-round theater or watched the special children's show or "early morning show". I learned from the newspaper that this was "the first Chinese-foreign co-produced film" and "the first color children's feature film", so I had long been expecting and couldn't wait to watch it for the "first round" and "first scene".

Until now I can still remember the story of this children's film: the French children Biero and Nicole, who were brothers and sisters; the Chinese children Song Xiaoqing and his classmates; their friendship was connected by a kite; the Monkey King with 72 metamorphoses stepped off the kite...

Fantastic stories, gorgeous pictures, vivid characters and stories, the noble theme of the friendship between the peoples of China and France... All these subjects deeply attracted a young "literature fan". That night, "with thoughts like a fountain", I couldn't help writing a "film review" of more than a thousand characters overnight, and had it posted to the magazine "the Youth Literature and Art" the next day...

At that time, I never expected that "film" would later become my lifelong profession. I have been in the film industry for forty years. That naive "film review" marked the beginning of my "participation" in the film enterprise...

II

I had shared these childhood memories to my young friend Mr. Xu Feng, who was one of the writers and chief directors of the film *Kite·Kite*.

On June 1st of this year, Director Xu Feng invited me to watch the movie *Kite·Kite*.

Before walking into the theater, I said to Xu Feng: You have a good idea for your documentary, and I believe you can make a good one.

When the film was just finished, the applause burst out.

The whole audience, including several French and American friends present, applauded, and congratulated the two directors.

It is indeed a wonderful documentary film.

Firstly, there is a good idea for the film. Ideas are very important. Whether in feature films or documentaries, ideas are the bridge from life to art. Good ideas are the first step towards successful artistic creation. Focusing on the filming and disseminating of the film *The Magic of the Kite* in the 1950s, the documentary film *Kite·Kite* focuses on the life experience of the several film creators, spanning more than 60 years across time and half of the earth across space. It has vast background of time and space, mutual reflections of artistic images and real life, and contrasting descriptions of different cultures, and so on. From the stories of the several small characters, the film reflects the friendship and development of the peoples of China and France. From the fate of a film, it expresses the ideals and hopes of mankind. The conception is rather ingenious, unique and complete, especially in line with the artistic law of "seeing the big from the small" and "from the individual to the general".

Secondly, it is a good story. The key to a feature film is to write a good story while a documentary should focus on life records. The documentary film *Kite·Kite* also weaves a rather complete story for the audience. In addition to narrating the stories of Chinese director Wang Jiayi, French screenwriter Antoine and director Roger through interviews with their later generations, the film focuses on Chinese actor Liu Xiangsheng (playing the role of Song Xiaoqing), Chinese actress Hua Weimin (playing the role of Zhou Peiqin) and French actress Sylviane (playing the role of Nicole), searching them across the sea and telling about their "acting" experience and the changes of their fate over the past 60 years. The film especially described the moving story of their efforts, in order to continue their childhood friendship, to cross the ocean again to achieve mutual visits and gatherings. This is a good story itself. It is suspenseful, emotional, meaningful, touching and worrying, which constitutes the complete plot of the work.

It is worth mentioning that *Kite·Kite* takes the three small actors and actresses as the main story, and moreover extends to the stories of several Chinese living in France, such as the young painter Wang Han, the erhu player Guo Gan and the Chinese Taijiquan teacher Shen Si, as well as to the stories of the musician Jarre, the agronomist Martin, the TV producer Launoy and other French friends who has planted seeds of friendship in China, thus making the theme of "Sino-French friendship" expressed in the film, from point to plane, show a broader social life content. I understand the intention of the director, and the film has also fulfilled this intention. But I also thought that it might have pros and cons while taking these descriptions as “the secondary clue”. It can stretch the theme, but may loosen the structure. What if you change the way of writing by focusing on digging deeper and deeper into the story of the “three little actors and actresses”? Art creation sometimes has its gains and its losses. This question may leave for future discussion.

Lastly, the film has good meaning. The significance of the film is not only to express the grand theme of “the friendship between the peoples of China and France”, as the theme song in the film repeatedly sung: “Kites. Kites, fly and fly, connect friendship and civilization, and fly ideals and hopes”... The shooting of *Kite·Kite* was not only to celebrate the 55th anniversary of the establishment of diplomatic relations between China and France, but also makes us feel that people from all over the world, no matter what nationality, religion, color or language, live in the same global village and live in the “community of human destiny”.

The kite in the film has spread to the world the hopes and ideals of the Chinese nation, that is, to oppose hegemony, eradicate wars and yearn for peace, understanding, friendship, cooperation, civilization and progress of mankind. This is the deep meaning of *Kite·Kit*e.

III

The documentary film *Kite·Kite* describes the life stories of three young actors and actresses in the feature film *The Magic of the Kite*, and also brought out a little story that had happened to an ordinary small member of audience and the film *The Magic of the Kite*.

I was just one little member of audience back then and my “story” was trivial. But I wrote the first “film review” for it. I didn't expect to have chosen film as my lifelong career later. This is not a “coincidence” as was said by Liu Xiangsheng, the actor for Song Xiaoqing in the film, but that the country's “reform and opening” has enabled us to realize our personal ideals in life.

The documentary film *Kite·Kite* reveals the important social function of film as a contemporary art. In addition to the traditional functions of "recognition, education, aesthetics and entertainment", it sometimes also assumes a special social and political function. Just as "Pingpong Diplomacy" promoted the establishment of diplomatic relations between China and the United States, the movie *The Magic of the Kite* also facilitated the establishment of diplomatic relations between China and France five years later.

This is the "second theme" reviewed to us by the movie *Kite·Kite*.

I feel honored for devoting my whole life into the film industry and am very satisfied with it.

"Kite·Kite" has enhanced the sense of honor and social responsibility of each of us filmmakers.

This is also attributed to the success of *Kite·Kite*.

(The author of this article Zhang Sitao has formerly been the director of the Film and Television Department of Art Bureau of the Publicity Department of the Communist Party of China, the secretary of the Secretariat of the China Film Association and the director of the Screenplay Center of the State Administration of Radio, Film and Television.)

一只凝结着中法友谊的风筝

2021年的6月1日，我们的纪录电影《风筝·风筝》登上了全国的影院，选择在这一天公映，是我们向六十二年前儿童节上映的中法合拍的儿童故事片《风筝》的致敬。意想不到的是，在这一天，习近平主席“关于加强国际传播力建设”的重要讲话发表，回望这部诞生在中法建交前5年的老电影，它在促进中法建交历程中所起到的重要作用让人感叹不已！可以说，对这部老电影的追忆与采访也是一次对党史学习的实践教育。

在百废待兴的建国初期，周总理就高瞻远瞩地指出要用京剧打开中国外交的大门。武生张春华就是在周总理的直接安排下于1951和1955年两次赴法国演出。他表演的《三岔口》和《孙悟空》让法国人见识了中国文化和中国功夫，法国导演罗吉·比果就是看了他的表演才有了要与中国创作一部电影的意愿。张春华先生回忆说：“周总理特别指示要用外国人看得懂的艺术形式，开始登台的都要是武生。为防止敌对势力砸场子，演员上台几分钟必须赢得掌声……”周总理的这些细节的安排，对我们今天的外宣工作仍有指导意义。在纪念建党百年的时候，重温这段历史，我们对老一辈革命家充满敬意！

一部好作品的影响力是深远的，中法合拍的儿童电影《风筝》在长达几十年的时间里一直在法国学校放映，至今仍是法国人观影人数最多的一部电影。一代代法国人就是看了这部影片才对中国有了向往，这一点在我采访中屡屡得到印证。我们这部追踪老电影《风筝》的纪录片《风筝·风筝》能够顺利地通过法国国际电视台 TV5 的审看，并被特意安排在法国总统马克龙访华的当晚播出，说明这部纪录片是触发了法国人的共鸣。

一系列的机缘巧合让这部纪录片得以顺利拍摄，中法友谊的故事俯拾即是，寻找影片中的法国小女孩的过程也是出奇地顺利。在与法国电视台 TV5 合作《武诗舞——全球功夫春晚》时，我请法国主持人发出了寻人启事，没想到节目播出的第二天就收到了这样的留言：“我就是你们要找的那个小女孩……”我们的摄影队在第一时间赶到巴黎郊外她的家中，她对六十多年前《法兰西晚报》的那则招收小演员的广告语一字不差地脱口而出……我也曾找到了与电影中饰演皮埃罗的法国小男孩的年龄和名字完全相同的人，这位巴黎游泳馆的救生员对我说：“无数的人问我是不是电影《风筝》中的小男孩，我总是遗憾地说：不是。但我非常喜欢这部电影！希望我也能有这份殊荣到中国去。”

寻找，是纪录电影《风筝·风筝》的重要线索。我们在寻找当年影片《风筝》的小演员及主创人员的同时，还牵引出了一个更重要的寻找，那就是寻找到一些默默为中法友谊与文化交流做出努力的一个个普通人，他们丰富多彩的人生故事也为本片增色不少，正是诸多的平凡构建起中法友谊的不平凡。纪录电影将这些碎片化的采访与收集，最终绘制成中法友谊这只风筝的美丽图案。

感谢五洲传播中心、感谢中央新影集团和所有对这部影片支持的人们！我也要特别感谢我的搭档许峰，是他写了上报电影局的立项报告和解说词，是他坚持用老电影贯穿整部纪录电影，使观众在感受中法友好的同时，还能感受到老电影的魅力。

风筝是中法两国人民和平友好的殷切愿望，而风则是世界大同、和平与友好的不可抗拒的历史洪流与趋势。牵引风筝翱翔的风筝线，紧握在中法两国人民的手中，衷心希望凝结着中法友谊的风筝能够飞得更高更远……

辛少英

2021 年 7 月 1 日　于北京

（辛少英，央视制片人，曾获“最美央视人”“央视十佳业务能手”称号，《风筝－风筝》总导演之一。）

Un cerf - volant, incarnation de l'amitié sino - française

Le 1er juin 2021, notre film documentaire *Cerf Volant - Cerf Volant* a été projeté dans les cinémas de Chine. Cette date précise, à l'occasion de la Fête Internationale des enfants a été choisie comme premier jour des projections, c'est pour rendre hommage à la première coproduction franco-chinoise, le fameux film *Cerf-Volant* qui avait été projeté au même jour en France il y a 62 ans. Ce jour de juin, le Parti Communiste Chinois a diffusé un discours important du Président XI sur le renforcement de la communication internationale. En se penchant en arrière sur ce film ancien né 5 ans avant l'établissement officiel des relations diplomatiques entre la Chine et la France, on constate qu'il a joué un rôle important dans la promotion de ces avancées diplomatiques majeures. On peut ainsi dire que le souvenir et les interviews liées à ce film emblématique font partie de l'éducation pratique à l'histoire du Parti Communiste Chinois.

Au début de la Fondation de la République Populaire de Chine, le Premier Ministre ZHOU Enlaï a fait preuve d'une grande prévoyance en soulignant que l'Opéra de Pékin devrait être utilisé pour ouvrir des portes à la diplomatie chinoise. Zhang Chunhua, un acteur en arts martiaux de l'Opéra de Pékin, s'est donc rendu deux fois en France en 1951 et 1955 avec l'arrangement direct du Premier Ministre ZHOU Enlaï. Sa performance dans « Au Carrefour» et «Le Roi Singe» a permis aux Français d'apprécier la culture chinoise et le Kung-Fu chinois. C'est seulement après avoir vu ces présentations que le réalisateur français

Roger Pigaut eut l'intention de créer un film avec la Chine. M. ZHANG Chunhua se souvient que le Premier Ministre ZHOU donna des instructions spéciales telles d'utiliser une forme d'art que les étrangers pourraient comprendre, que les acteurs en arts martiaux devaient monter sur scène en premier, et afin d'empêcher les forces hostiles de faire une perturbation destructrice, que les acteurs devaient obtenir de chauds applaudissements pendant quelques minutes sur scène... Les consignes détaillées du Premier Ministre ZHOU sont encore très instructives et pertinentes pour notre travail de communication internationale aujourd'hui. En commémorant le centenaire de la fondation du Parti Communiste Chinois et en souvenir cette belle histoire, nous rendons sincèrement un grand hommage à notre première génération de révolutionnaires !

L'influence d'un bon film est profonde. Le film *Cerf-volant*, coproduit par la Chine et la France, a été projeté dans les écoles françaises pendant des décennies et jusqu'à présent c'est toujours un film très plébiscité en France. Des générations de français ont vu cette œuvre qui a suscité chez eux un vrai désir pour la Chine, ce qui se prouve prèsque dans chacune de mes interviews. La diffusion de notre documentaire au sujet de ce fameux film a été acceptée par les dirigeants de TV5 Monde, et sa programmation a été effectuée spécialement le soir de la visite du Président français Macron en Chine, ce qui montre bien que ce documentaire a déclenché une authentique résonance française.

Une série de coïncidences fortuites ont permis la réussite du tournage de ce documentaire. Des histoires d'amitié sino-française existent et se retrouvent partout. Le processus de recherche de la petite française du film s'est étonnamment bien déroulé, en collaboration avec la Télévision francophone TV5 Monde, lors du Gala du Nouvel-An chinois de Kung-Fu, j'ai demandé à l'animatrice française de faire une annonce à l'antenne pour retrouver les petits acteurs français. Je ne m'attendais pas à ce que dès le lendemain de la diffusion de l'émission, je reçoive un message : «Je suis la petite fille que vous recherchez». Notre équipe de production s'est alors rendue à sa maison, dans la banlieue de Paris, pour la rencontrer. Elle nous a récité par cœur l'annonce pour la recherche d'une fille au casting du film, parue dans le Journal « France Soir » il y a plus de 60 ans... J'ai même trouvé un homme qui avait exactement le même âge et le même nom que le petit Français du film, et cet homonyme qui fut maître-nageur d'une piscine à Paris m'a dit : « D'innombrables personnes m'ont toujours demandé si j'étais le petit garçon dans le film Cerf-volant, et j'ai toujours regretté de devoir leur répondre : Non. Mais j'adore ce film ! J'espère que j'aurai le privilège d'aller en Chine un jour... »

La recherche tous azimuts est le point central de ce documentaire. Tout en pistant les petits acteurs et les créateurs principaux du vieux film *Cerf-volant*, nous avons également mené une recherche plus importante, à savoir trouver des gens ordinaires qui ont fait des efforts silencieux pour l'amitié et les échanges culturels entre la Chine et la France. Leurs histoires de vie colorées ont également embelli notre documentaire. Ce sont beaucoup de gens ordinaires qui ont construit la fabuleuse relation entre la Chine et la France.Le documentaire a rassemblé ces interviews fragmentées et a finalement peint ce beau modèle du cerf-volant, symbole de l'amitié sino-française.

Merci à CICC, Studio Central d'actualités et de films documentaires de Chine (Groupe) et à tous ceux qui ont soutenu ce documentaire ! Je tiens aussi à remercier tout particulièrement mon partenaire Xu Feng, qui a écrit un rapport au Bureau du film de Chine pour mettre en œuvre ce documentaire et ses commentaires. C'est lui pour que le film ancien soit utilisé tout au long du documentaire afin que les gens puissent ressentir tout le charme du film originel *Cerf-volant* en éprouvant eux-mêmes ces forts sentiments d'amitié sino-française.

Le *cerf-volant* représente ce désir ardent vers la paix et l'amitié pour les peuples chinois et français, tandis que le vent est le courant irrésistible de l'histoire et la volonté d'harmonie dans le monde. Les fils de cerfs-volants sont tirés par les mains de la population chinoise et française, espérant sincèrement que les cerfs-volants qui matérialisent cette belle amitié sino-française pourront voler toujours plus haut et plus loin...

Le 1er juillet 2021, à Pékin

(XIN Shaoying, productrice à CCTV, a été nommée "la plus belle employée de CCTV" et "top 10 meilleurs réalisateurs de CCTV", une des réalisatrices en chef du documentaire 《Cerf Volant-Cerf Volant》 .)

A Kite Condensing Sino-French friendship

On June 1st, 2021, our documentary film *Kite·Kite* was shown in theaters across the country. It was chosen to be released on this day, which will be as our tribute to a Chinese-French co-produced children's feature film *The Magic of the Kite* that was released on the Children's Day 62 years ago. Unexpectedly, on this day, the Central Committee of the Communist Party of China issued an important speech made by Chairman Xi on the subject of strengthening international communication. Looking back at this old movie, which had been born 5 years before the establishment of diplomatic relations between China and France, we would sign with emotion at its important role in the process of promoting the establishment of diplomatic relations between China and France. It can be said that the recollection and interview of this old movie is also a practical education for the study of the Party's history.

In the early days of the founding of the People's Republic of China, all awaiting to be rebuilt, Premier Zhou pointed out foresightedly that Beijing Opera should be used to open the door of Chinese diplomacy. It was under the direct arrangement of Premier Zhou that the "Wu Sheng" (male role specializing in weapons in Being Opera) actor Zhang Chunhua went to perform in France twice respectively in 1951 and 1955. His performances of *At the Crossroads* and *The Monkey King* gave French people an insight into Chinese culture and Chinese kung fu. It was just after watching his performance that the French director Roger Pigaut arose the will to create a movie with China. Mr. Zhang Chunhua recalled, "Premier Zhou specifically instructed to use the art forms that foreigners can understand. So it was Wu Sheng actors who were first to perform on stage. In order to prevent hostile forces from sabotaging, the actors must win applause within a few minutes on stage..." The detailed arrangements by Premier Zhou are still instructive for our international publicity work today. At the moment of commemorating the 100th anniversary of the founding of the Communist Party of China, while reviewing this period of history, we are full of respect for the older generation of revolutionaries!

The influence of a good work is profound. The children's film *The Magic of the Kite*, co-produced by China and France, has been screened in French schools for decades and is still the film with the largest number of French viewers. It was because of watching this film that generations of French people have longed for China, which has been repeatedly confirmed in my interviews. Our documentary *Kite·Kite*, which tracks the old movie *The Magic of the Kite*, successfully passed the review of the French TV5MONDE, and was specially arranged to be broadcast on the evening of French President Macron's visit to China. It indicates that this documentary has triggered the resonance of the French people.

A series of coincidences allowed this documentary to be filmed smoothly. The story of Sino-French friendship is everywhere, and the process of searching for the actress of the little French girl in the film was surprisingly smooth. When cooperating with the French TV5MONDE in the program of "Dance, Poetry and Martial Arts, The Global Kung Fu Spring Festival Gala", I asked the French host to send out a notice for a missing person. I did not expect that we received such a message the next day after the show, which said, "I am the little girl whom you are looking for." Our camera crew rushed to her home on the outskirts of Paris as soon as possible. She blurted out the slogan of the advertisement for recruiting young actors and actresses, which was printed in the French newspaper of *France Soir* over sixty years ago... I also found someone with exactly the same age and name as the little French boy who had played the role of Biero in the movie. The lifeguard of the swimming pool of Paris said to me, "Countless number of people asked me if I was the boy of the movie *The Magic of the Kite*, I always regretted to say : No. But I like this movie very much! I wish I could also have this honor to go to China.»

Searching is an important clue in the documentary film *Kite·Kite*. While looking for the young actors and actress and the main creators of the film *The Magic of the Kite*, we were also led to a more important search, that is, to find out some ordinary people who silently worked hard for the Sino-French friendship and cultural exchanges. Their rich and colorful life stories also add to the film a lot. It is the many ordinaries that have built the extraordinary friendship between China and France. The documentary film uses these fragmented interviews and collections to finally draw the beautiful pattern of the kite of Sino-French friendship.

Thanks goes to China Intercontinental Communication Center (CICC) and China Central Newsreels and Documentary Film Studio (Group), as well as to all the people supporting this film. I would also like to extend my special gratitude to my partner Xu Feng. It is he who wrote the project report and commentary submitted to the Film Administration, and insisted on running through the entire documentary film with the old movies, for which the audience can feel the friendship between China and France while feeling the charm of the old movies at the same time.

The kite is the ardent desire for peace and friendship between the peoples of China and France while the wind is the irresistible historical trend of the world harmony, peace and friendship. The kite string that pulls the kite soaring is held tightly in the hands of the people of China and France. I sincerely hope that the kite condensed with the friendship between China and France will fly higher and farther...

Xin Shaoying

July 1st 2021, Beijing

(Xin Shaoying, a producer of China's CCTV, one of the chief directors of the documentary film "Kite·Kite", once named "the Best One of CCTV" and "the Top Ten Experts of CCTV".)

目 录

matières

contents

场景 | Scènes | Scenes | 3 013

电影《风筝》中方导演王家乙的女儿王晓莲，展示她父亲保留的电影资料，并讲述父亲如何成为这部影片的中方导演和中方编剧。

WANG Xiaolian, la fille du réalisateur chinois WANG Kia-Yi du *Cerf-volant du bout du monde*, a montré les documents de son père sur le *Cerf-volant du bout du monde* et a expliqué pourquoi son père assumait la charge de réalisateur et scénariste chinois du film.

Wang Xiaolian, the daughter of Wang Jiayi who was the Chinese director of the film *The Magic of the Kite*, showed the materirals that her father had conserved and explainde how her father had become the Chinese director and Chinese playwright of this film.

场景 | Scènes | Scenes | 4 025

电影《风筝》法方编剧安东尼·杜达尔的女友薇薇安·蒙达农（作家），深情回忆安东尼·杜达尔和电影《风筝》的故事。

Viviane (écrivaine), très proche du scénariste français Antoine Tudal du *Cerf-volant du bout du monde*, rappelle avec émotion Antoine Tudal et son histoire avec ce film.

Vivian Montanon (writer), the girlfriend of Antoine Tudal who was the French screenwriter of the film *The Magic of the Kite*, fondly recalled the story of Antoine Tudal and the film.

场景 | Scènes | Scenes | 5 045

我们在北京寻访到宋小青的饰演者刘祥生，了解他的生活状态，并听他讲述自己为何出演电影中的角色。

Nous avons retrouvé à Pékin LIU Xiangsheng, qui incarna SONG Siao Tsing, pour en savoir plus sur ses conditions de vie et l'écouter expliquer pourquoi il joua ce rôle dans le film.

In Beijing, we found out Liu Xiangsheng who had played the role of Song Xiaoqing in the film, got to know about his life being and listened to his narration of why he had played the role in the film.

场景 Scènes Scenes 6 061

在巴黎寻访到电影《风筝》中周佩琴的饰演者华卫民，她讲述了为何出演《风筝》影片的角色。并讲述电影《风筝》作为法国儿童教材的故事。

Nous avons retrouvé à Paris HUA Weimin, actrice de ZHOU Peiqin. Elle rappelle son rôle dans *Cerf-volant du bout du monde* et raconte comment ce film est devenu un manuel pédagogique pour les enfants français.

In Paris, we found out Hua Weimin who had played the role of Zhou Peiqin. She recalled the story of her playing the role in the film *The Magic of the Kite*, and told how this film had turned out to be contents of the textbooks for French children.

场景 Scènes Scenes 7 074

在法国电视台摄制组的帮助下，我们在巴黎寻访到电影《风筝》中尼可尔的扮演者希尔维娅娜·罗森博格，她讲述了自己出演这部电影的经历，以及当下的生活状态。

Grâce à l'aide de l'équipe de télévision française, nous avons retrouvé à Paris Sylviane Rozenberg, actrice de Nicole. Elle raconte son expérience dans ce film et sa vie actuelle.

With the help of the shooting crew of the French television, in Paris we found out Sylviane Rozenberg who had played the role of Nicole. She told us her experience of acting in this film and her life being at present.

场景 Scènes Scenes 8 086

电影《风筝》中宋小青的饰演者刘祥生准备到潍坊复制影片中的孙悟空风筝。著名演员六小龄童和电影《风筝》中孙悟空的饰演者张春华的儿子，讲述张春华出演孙悟空的故事，以及影片中孙悟空的巨大影响力。

LIU Xiangsheng, acteur qui joua SONG Siao Tsing dans le film *Cerf-volant du bout du monde*, se rend à Weifang pour faire reproduire un cerf-volant de Roi singe pareil au film. Le célèbre acteur Liu Xiao Ling Tong et le fils de ZHANG Chunhua, qui joua le Roi singe dans ce film, racontent l'histoire du rôle de ZHANG Chunhua en tant que Roi singe et l'énorme influence du Roi singe dans ce film.

Liu Xiangsheng, who had played the role of Song Xiaoqing in the film *The Magic of the Kite*, was planning to go to Weifang, a city in China which is known as the hometown of kites, to copy a Monkey King kite from the film. The famous actor Liu Xiao Ling Tong (Monkey King of a new generation) and the son of Zhang Chunhua, who had played the role of Monkey King in the film, told the story of Zhang Chunhua's playing the role of Monkey King and the great influence of Monkey King in the film.

场景 | Scènes | Scenes | 9 099

刘祥生来到潍坊，请潍坊工艺美术大师王永训复制孙悟空风筝，他介绍了潍坊风筝的历史，并展示孙悟空风筝的制作和放飞过程。

LIU Xiangsheng est venu à Weifang demander à WANG Yongxun, maître des arts et des métiers de Weifang, de reproduire le cerf-volant de Roi singe. M. WANG présente l'histoire du cerf-volant de Weifang et démontre le processus de production et de vol du cerf-volant de Roi singe.

Liu Xiangsheng came to Weifang and asked Wang Yongxun, a master of arts and crafts in Weifang, to copy a Monkey King kite. He introduced the history of kites in Weifang, and showed the course of making and flying the Monkey King kite.

场景 | Scènes | Scenes | 10 111

北京外国语大学附属外国语学校的学生在环保布上创作半幅绘画作品《飞吧，熊猫风筝》，另外半幅作品将由法国学生在巴黎完成。

Les élèves de l'école des langues étrangères attachée à l'Université des Langues Etrangères de Pékin créent sur un tissu écologique la moitié du tableau *Vole, cerf-volant de panda*, et l'autre moitié sera réalisée par des élèves français à Paris.

The students of Foreign Languages School Affiliated to Beijing Foreign Studies University drew a half of the picture for the work of Fly, Panda Kite on the environmentally friendly cloth, the other half of which would be completed by French students in Paris.

场景 | Scènes | Scenes 11 117

2019 年 3 月 24 日，在巴黎举行的“光影流年——中法友好故事会”现场，法国学生完成了另外半幅《飞吧，熊猫风筝》绘画，刘祥生，希尔维娅娜·罗森博格和华卫民，在电影《风筝》公映六十年之后首次在巴黎相聚。

Le 24 mars 2019, lors du spectacle « Lumière au fil du temps – histoire d'amitié sino-française » qui s'est tenu à Paris, les élèves français ont achevé l'autre moitié du tableau *Vole, cerf-volant de panda*. LIU Xiangsheng, Sylviane Rozenberg et HUA Weimin se sont réunis à Paris pour la première fois 60 ans après la première représentation publique du film *Cert-volant du bout du monde* .

On Mar 24, 2019, at the spot of the Souvenir of the passage of time: Sino-French friendship stories held in Paris, France, the French students completed drawing the other half of the picture for the work Fly, Panda Kite. Liu Xiangsheng, Sylviane Rozenberg and Hua Weiming first met in Paris 60 years after the film *The Magic of the Kite* was shown in the cinema.

场景 | Scènes | Scenes 12 137

刘祥生前往周恩来总理留法期间居住的旅馆参观。

LIU Xiangsheng visite l'hôtel où le Premier Ministre ZHOU Enlaï habitait pendant son séjour en France.

Liu Xiangsheng went to visit the hotel where Premier Zhou Enlai had lived during his stay in France.

场景 | Scènes | Scenes 13 146

刘祥生到希尔维娅娜·罗森博格的家中拜访，亲切交流。

LIU Xiangsheng rend une visite chez Sylviane Rozenberg pour avoir une conversation cordiale.

Liu Xiangsheng went to visit Sylviane Rozenberg and had a pleasant talk with her.

场景 | Scènes | Scenes | 14 —— 158

刘祥生和希尔维娅娜·罗森博格一起到电影《风筝》的巴黎拍摄地故地重游，并放飞“孙悟空”风筝。刘祥生到和华卫民在巴黎的公园相聚，一起放飞孙悟空风筝。

LIU Xiangsheng et Sylviane Rozenberg revisitent ensemble les lieux du tournage du film *Cerf-volant du bout du monde* à Paris, et font voler le cerf-volant de Roi singe. LIU Xiangsheng rencontre HUA Weimin dans un parc à Paris et fait voler le cerf-volant de Roi singe ensemble.

Liu Xiangsheng and Sylviane Rozenberg went to visit the places in Paris where the film *The Magic of the Kite* had been made, and flied the Monkey King kite there. Liu Xiangsheng and Hua Weimin met in a park of Paris and flied the Monkey King kite together.

场景 | Scènes | Scenes | 15 —— 166

当年电影《风筝》中的两位中方小演员，在电影《风筝》播放 60 年后，在巴黎相聚。

Les deux petits acteurs chinois se sont réunis à Paris après 60 ans de la projection du film *Cerf Volant*.

The Chinese actor and actress in the film, *The Magic of the Kite* met each other in Paris 60 years after the film was shown.

场景 | Scènes | Scenes | 16 —— 174

留法青年画家王涵为什么选择画风筝，并且说“风筝不断线”？出席在巴黎举行的“意在巴黎 -- 中国美术馆馆藏精品展和中法美术交流百年学术研讨会”的汪德迈（法国著名学者）和王涵之间有着怎样的缘分？

Pourquoi WANG Han, jeune peintre étudiant en France a-t-elle choisi de déssiner le cerf-volant, et a-t-elle dit que « Le fil du cerf-volant ne doit jamais se casser » ? Quel sort y a-t-il entre WANG Han et Léon Vandermeersch (célèbre érudit français) qui a assisté à « Rencontre des idées à Paris » avec des collections du Musée d'art National de Chine et du Séminaire Centenaire des échanges des beaux-arts entre la Chine et la France?

Why did Wang Han, a Chinese young artist in France, choose to paint kites and say that the string of a kite never breaks? What would be the fate between Wang Han and the famous French scholar Leon Vandermeersch, who had attended the exhibition titled "Experiencing China, Meeting in Paris: Treasures from the National Art Museum of China"and a symposium on a century of Sino-French Art Exchanges?

场景 | Scènes | Scenes 17 202

旅法著名的作曲家二胡演奏家果敢和风筝也有不解之缘。

GUO Gan, grand compositeur et joueur d'erhu installé en France, a également un destin indissoluble avec le cerf-volant.

Guo Gan, a famous Chinese erhu master in France, also had deep connections with kites.

场景 | Scènes | Scenes 18 216

世界级电子音乐流行大师法国艺术家让·米歇尔·雅尔，为何对中国乃至中国文化情有独钟?

L'artiste français, Jean-Michel Jarre, maître majeur de la musique électronique au niveau mondial, pourquoi a-t-il une attirance irrésistible pour la Chine et même pour la culture chinoise ?

Why did the French artist Jean-Michel Jarre, a world-class master of electronic music, have a preference for China as well as for Chinese culture?

场景 | Scènes | Scenes 19 225

法国国家电视台的市场部负责人让·吕克·可奈儿，为什么喜欢练习太极拳?

Jean-Luc Crenel, responsable de marketing de France Télévisions, pourquoi aime-t-il pratiquer le Tai Chi ?

Why did Jean-Luc Connell, Marketing Director of TV5Monde, like to practice Chinese Taijiquan?

场景 | Scènes | Scenes | 20 229

作为李连杰的同门师兄弟，申思为什么选择到法国教授太极拳？

En tant que frère apprenti de Jet LI, pourquoi SHEN Si a-t-il choisi d'enseigner le Tai Chi en France ?

As a fellow apprentice with Kung Fu star Li Lianjie, why did Shen Si choose to teach Taijiquan in France?

场景 | Scènes | Scenes | 21 244

看了电影《风筝》喜欢上法国并嫁到法国的王金华，她又有怎样的人生感悟？

WANG Jinhua, qui a éprouvé une attirance irrésistible pour la France en raison de la vue du film *Cerf-volant du bout du monde*, quel genre d'expérience de vie a-t-elle après s'être mariée en France ?

What was the life perception of Wang Jinhua, who was deeply fond of France and then married a Frenchman because of having watched the film *The Magic of the Kite*?

场景 | Scènes | Scenes | 22 253

选择在中国云南昆明生活的法国人马丁，一家人的生活状态是怎样的呢？

Martin, un Français qui a choisi de vivre à Kunming dans la province du Yunnan, quel est l'état de vie de sa famille ?

How was the life of the Frenchman Martin and his family, who had chosen to live in Kunming, Yunnan Province of China?

场景 | Scènes | Scenes | 23 261

选择在中国落户、生活的法国人：格雷、艾瑞克和夫人沙妙、Sebastien SCHULLER 和他的爱人王新拉

Les français qui ont choisi de s'installer et de vivre en Chine : Greg, Eric et son épouse SHA Miao, Sébastien Schuller et son aimée Yu Xinla.

French people who chose to settle down and live in China: Greg, Eric and his wife Sha Miao, Sebastien Schuller and his wife Wang Xinla.

场景 | Scènes | Scenes | 24 265

因为看了电影《风筝》，而喜欢上中国的法国电视制作人义夫·罗诺瓦，讲述他和中国的故事。

Le producteur de télévision français Yves Launoy, qui a développé un amour pour la Chine après avoir vu le film *Cerf-volant du bout du monde*, raconte son histoire avec la Chine.

The French TV producer Yves Launoy, who had watched the film *The Magic of the Kite* and then was fond of China ever since, told the story about himself and China.

场景 | Scènes | Scenes | 25 277

电影《风筝》的元素被搬上了"第九届北京国际电影节"开幕式。法国演员苏菲·玛索为什么会来中国？

Les éléments du film *Cerf-volant du bout du monde* sont utilisés lors de la cérémonie d'ouverture du 9e Festival International du Film de Pékin. Pourquoi l'actrice française Sophie Marceau est-elle venue en Chine ?

The elements of the film *The Magic of the Kite* was fitted in the Opening Ceremony of the 9th Beijing International Film Festival. Why did the French actress Sophie Marceau come to China?

场景 | Scènes | Scenes | 26 283

2019 年 4 月 17 日，希尔维娅娜·罗森博格和他的丈夫罗森博格先生一起来到中国，他们在当年的北京拍摄地故地重游。

Le 17 avril 2019, Sylviane Rozenberg et son mari M. Rozenberg sont venus ensemble en Chine. Ils ont revisité les lieux du tournage du film à cette époque.

On April 17, 2019, Sylviane Rozenberg arrived in China, together with her husband Mr. Rozenberg. They visited the places where the film had been shot at that time.

场景 | Scènes | Scenes | 27 293

电影《风筝》中方导演王家乙的女儿一家宴请当年的法国小演员及家人，延续跨越 60 年的友谊。

La famille de la fille de WANG Kia-Yi, réalisateur chinois du film *Cerf-volant du bout du monde*, prépare un festin familial pour accueillir les acteurs français et leur famille, qui jouaient dans le film lorsqu'ils étaient tous petits, et continuer l'amitié qui dure 60 ans.

The daughter of the Chinese director Wang Jiayi of the film *The Magic of the Kite* and her family entertained the actor□actress and their family, who had played roles in the film while young, continuing with the friendship that had been lasting for 60 years.

场景 | Scènes | Scenes | 28 297

刘祥生和希尔维娅娜·罗森博格在“中国潍坊国际风筝会”一起放飞孙悟空风筝。

LIU Xiangsheng et Sylviane Rozenberg font voler ensemble le cerf-volant de Roi singe au Festival International du Cerf-volant de Weifang.

Liu Xiangsheng and Sylviane Rozenberg flied *the Monkey King Kite* together at the China Weifang International Kite Festival.

场景 1

Scènes Scenes

在巴黎举行的“全球功夫春晚”的舞台上，来自风筝故乡中国潍坊的风筝，作为中法友谊的象征符号，装饰着绚丽的舞台。

Sur la scène du Gala Mondial de Nouvel An chinois de Kung-fu tenu lieu à Paris, les cerfs-volants d’origine de Weifang de Chine, capitale du cerf-volant, en tant que symbole de l’amitié sino-française sont devenus les décorations de cette scène magnifique.

On the stage of the first Global Kung Fu Spring Festival Gala held in Paris, France, the small kites from Weifang, China, the hometown of kites, as a symbol of friendship between China and France, were used to decorate the spectacular stage.

孙悟空风筝 Cerf-volant Roi Singe Monkey King Kite

一只风筝
两种情感
跨越四海来相会
一个故事
两种文化
穿越历史到今天
风筝 风筝飞呀飞
连接友谊和文明

Un cerf-volant,
deux sentiments,
ont convergé des quatre mers.
Une légende,
deux cultures,
émergent aujourd'hui de l'histoire.
Vole! Vole! Cerf-volant,
Relie l'amitié et la culture.

The Magic of the Kite,
connects two kinds of emotions,
coming to meet after crossing oceans.
A tale of two cultures,
passing through history to the present.
The kite flies and flies.
connecting friendship and civilizations.

巴黎埃菲尔铁塔　　Tour Eiffel à Paris　　Eiffel Tower in Paris

2019 年 1 月 27 日　巴黎

Le 27 janvier 2019, Paris

Paris, January 27，2019

巴黎　Paris　Paris

· 2019 年 1 月 27 日，是新中国外交史上值得纪念的一天。1964 年的 1 月 27 日，也就是 55 年前的这一天，中法两国正式建交。法国成为西方国家中第一个同新中国建交的国家。为纪念中法建交 55 周年，以舞、诗、武为主题的“全球功夫春晚”在巴黎正式拉开了帷幕。

Le 27 janvier 2019 est un jour mémorable dans l'histoire de la diplomatie de la Chine nouvelle. Au même jour en 1964, soit il y a 55 ans, la Chine et la France ont officiellement établi des relations diplomatiques, la France est devenue le premier pays occidental qui a établi des relations diplomatiques avec la République populaire de Chine. Pour commémorer le cinquante-cinquième anniversaire de cet évènement, le Gala Mondial de Nouvel An chinois de Kung-fu, sur le thème de la danse, de la poésie et des arts martiaux, a officiellement eu lieu à Paris.

January 27, 2019 is a memorable day in the diplomatic history of New China, because exactly 55 years ago on January 27,1964, China and France established diplomatic relations. France became the first Western country to establish diplomatic ties with the People's Republic of China.

To mark the 55th anniversary of the establishment of diplomatic ties between China and France, the "Global Kung Fu Spring Festival Gala" officially kicked off in Paris, featuring dance, poetry and martial arts.

《全球功夫春晚》现场

Spectacle du Gala Mondial de Nouvel An chinois de Kung-fu

"Global Kung Fu Spring Festival Spring Festival Gala"Resolute Gala" Fragment

· 在法国巴黎举行的首届《全球功夫春晚》的舞台上，来自风筝故乡中国潍坊的小小风筝，作为象征着中法友谊的符号成为舞台的装饰。那么，风筝为何会成为象征着中法友谊的符号呢？这还要从一部叫作《风筝》的电影说起。

Sur la scène du premier Gala Mondial de Nouvel An chinois de Kung-fu à Paris, de petits cerfs-volants de Weifang de Chine, capitale des cerfs-volants sont devenus les décorations de la scène en tant que symbole de l'amitié sino-française. Alors, pourquoi le cerf-volant est-il devenu le symbole? Cela a commencé par un film intitulé *Cerf-volant du bout du monde*.

On the stage of the first Global Kung Fu Spring Festival Gala held in Paris, France, small kites from Weifang, China, the hometown of kites, a symbol of friendship between China and France were used to decorate the stage. Why did the kite become a symbol of friendship between China and France? It started with a movie called *The Magic of the Kite*.

场景 2

Scènes Scenes

电影《风筝》是新中国第一部合拍故事片，也是新中国第一部彩色儿童电影。这部电影的法方导演是罗吉·比果，他于1989年去世，享年70岁。很遗憾，我们没有找到他的亲属来讲述当年拍摄电影的故事。

Le film *Cerf-volant du bout du monde* apparaît comme le premier film sino-étranger et le premier film en couleur pour enfants depuis l'établissement de la République populaire de Chine. Le réalisateur français de ce film est Roger Pigaut, décédé en 1989 à l'âge de 70 ans. Malheureusement, nous n'arrivons pas à retrouver ses proches pour nous raconter des anecdotes lors du tournage de ce film.

The Magic of the Kite is the first co-produced feature film and the first color children's film in New China. The French director of the film was Roger Pigaut. He died at the age of 70 in 1989. It's a pity that we weren't able to find his relatives to tell the story of his film making.

电影《风筝》片段　Extrait du film *Cerf-volant du bout du monde*　Clips of the Film *The Magic of the Kite*

· 1958 年 12 月，也就是新中国同法国正式建交的 5 年前，一部以寻找友谊为主题的彩色儿童电影《风筝》在法国正式上映，1959 年的 6 月 1 日这部电影正式在中国上映。《风筝》这部电影是新中国第一部合拍故事片，也是新中国第一部彩色儿童电影。

电影《风筝》片段

Extrait du film *Cerf-volant du bout du monde*

Clips of the Film *The Magic of the Kite*

· 当时这部电影是由北京电影制片厂和法国加郎斯制片公司联合摄制。影片拍摄完成后，周恩来总理曾接见影片的中法导演和法方小演员尼可尔的饰演者——希尔维娅娜。

周恩来和电影《风筝》尼可尔饰演者希尔维娅娜·罗森伯格

ZHOU Enlaï et Sylviane Rozenberg, actrice de Nicole dans le film *Cerf-volant du bout du monde*

Zhou Enlai and Sylvia Rosenberg, who played the role of Nicole in the film *The Magic of the Kite*

电影《风筝》法方导演罗吉·比果和尼可尔饰演者希尔维娅娜·罗森伯格

Roger Pigaut, réalisateur français du film *Cerf-volant du bout du monde* et Sylviane Rozenberg, actrice de Nicole

RogerPigaut, the French directer of *The Magic of the Kite* and Sylvia Rosenberg, who played the role of Nicole in the film

罗吉·比果 电影《风筝》法方导演

Roger Pigaut, réalisateur français du film *Cerf-volant du bout du monde*

Roger Pigaut, Film director of *The Magic of the Kite*

· 电影《风筝》上映后该片荣获卡罗维发利电影节和威尼斯电影节重要奖项。这部电影的法方导演叫罗吉·比果，他 1919 年出生，1989 年 70 岁时去世，他也是一位法国家喻户晓的演员。很遗憾我们没有能够找到他的亲属来讲述他们拍摄电影的故事。

En décembre 1958, soit cinq années avant l'établissement officiel des relations diplomatiques sino-françaises, *Cerf-volant du bout du monde*, un film en couleurs pour enfants sur le thème de la recherche de l'amitié, a été officiellement projeté en France. Le 1er juin 1959, ce film est sorti officiellement en Chine. Ce film *Cerf-volant du bout du monde* est le premier long-métrage coproduit en Chine nouvelle et aussi le premier film en couleurs pour enfants en Chine nouvelle. Ce film a été co-produit par le Studio cinématographique de Pékin et la société française Garance Films. A la fin du tournage du film, le Premier Ministre chinois ZHOU Enlaï avait reçu les créateurs principaux chinois et français ainsi que la petite actrice Sylviane Rozenberg, qui y a joué le rôle de Nicole. Après sa sortie, le film *Cerf-volant du bout du monde* a remporté des trophées importants au Festival du film de Karlovy Vary et au Festival du film de Venise. Le réalisateur français de ce film est Roger Pigaut, né en 1919, et décédé en 1989 à l'âge de 70 ans. C'était un acteur populaire en France. Malheureusement, nous n'arrivons pas à retrouver ses proches pour nous raconter des anecdotes lors du tournage de ce film.

In December 1958, five years before the formal establishment of diplomatic relations between new China and France, *The Magic of the Kite*, a color children's film with the theme of seeking friendship was officially released in France, and on June 1st, 1959, the film was officially released in China. *The Magic of the Kite* is the first co-produced feature film and the first color children's film in New China. The film was jointly produced by Beijing Film Studio and French Garance Production Company. After the completion of the film, Premier Zhou Enlai met with the Chinese and French directors of the film, as well as Sylviane, who was a French child actress playing the role of Nicole in the film. After the film was released, it won important awards at the Karlovy Vary International Film Festival and Venice Film Festival. The French director of the film was Roger Pigaut who was born in 1919 and died at the age of 70 in 1989. He was also a well-known actor in France. It's a pity that we weren't able to find his relatives to tell the story of their film making.

场景 3

Scènes Scenes

电影《风筝》中方导演王家乙的女儿王晓莲，展示她父亲保留的电影资料，并讲述父亲如何成为这部影片的中方导演和中方编剧。

WANG Xiaolian, la fille du réalisateur chinois WANG Kia-Yi du Cerf-volant du bout du monde, a montré les documents de son père sur le Cerf-volant du bout du monde et a expliqué pourquoi son père assumait la charge de réalisateur et scénariste chinois du film.

Wang Xiaolian, the daughter of Wang Jiayi who was the Chinese director of the film *The Magic of the Kite*, showed the materirals that her father had conserved and explained how her father had become the Chinese director and Chinese playwright of this film.

长春电影制片厂 Studio de Film de Changchun, Chine Changchun Film Studio

2018 年 9 月　中国长春

Le 19 septembre 2018, Changchun, Chine

Changchun, China, Sepå´tember 2018

电影《五朵金花》海报　　Affiche du film *Cinq fleurs dorées*　　Film Poster of *Five Golden Flowers*

· 长春电影制片厂是新中国第一家电影制片厂，堪称新中国电影的摇篮，创造了新中国电影史上的七个第一。其中，1949 年 5 月拍摄完成的《桥》是新中国第一部长故事片，当时其中的一位男主角，就是后来电影《风筝》的中方导演王家乙。他导演的另一部电影《五朵金花》后来成为中国电影的百年经典。

电影《五朵金花》工作照 中间为王家乙

Photo de film *Cinq fleurs dorées* avec WANG Kia-yi au milieu

Worksite photo of the Film *Five Golden Flowers*, with Wang Jiayi in the middle

王家乙 电影《风筝》中方导演

WANG Kia-Yi, réalisateur chinois du film *Cerf-volant du bout du monde*

Wang Jiayi , Chinese director of film *The Magic of the Kite*

· 那么这位长春电影制片厂的著名导演为何会成为北京电影制片厂出品的电影《风筝》的中方导演呢?

Le Studio de Film de Changchun est le premier studio de cinéma de la Chine nouvelle. On peut dire que c'est le berceau du cinéma de la Chine nouvelle. Il a créé «7 premiers» dans l'histoire cinématographique de la Chine nouvelle. Par exemple, le film *Pont* réalisé en mai 1949, est le premier long-métrage de fiction de la Chine nouvelle. Un des héros était WANG Kia-Yi, futur réalisateur chinois du *Cerf-volant du bout du monde* . Un autre film qu'il a réalisé, *Cinq fleurs*

北京电影制片厂 Studio de Film de Pékin Beijing Film Studio

dorées, est devenu plus tard un classique centenaire du cinéma chinois. Comment donc ce réalisateur réputé du Studio de film de Changchun est-il devenu réalisateur chinois du *Cerf-volant du bout du monde* cinématographique de Pékin?

Changchun Film Studio is the first film studio in New China, it can be called the cradle of new China's films and has made seven "The First" in the history of new China's films. Among them, the film *Bridge*, which was shot in May 1949, was the first long feature film of new China. Wang Jiayi, one of the leading actors at that time, was the Chinese director of the later film *The Magic of the Kite*. *Five Golden Flowers*, another film directed by him, later became a century old classic of Chinese films. So why did the famous director of Changchun Film Studio become the Chinese director of the film *The Magic of the Kite* produced by Beijing Film Studio?

王晓莲（王家乙的女儿）：后来呢，我就问过我爸，我说你是怎么拍风筝的？他 1956 年 3、4 月份的时候，他当时还是在电影学院当老师，去教课，到电影局见到王兰溪局长，王兰溪就问他，他说听说你懂法语，他说是的，他说我懂一些法语。那这样太好了，他说，咱们可能要跟法国合拍一部电影，儿童片，到时候可能会请你来拍。

王晓莲 王家乙的女儿　　WANG Xiaolian, fille de WANG Kia-Yi　　Wang Xiaolian, WangJiayi's daughter

WANG Xiaolian, fille de WANG Kia-Yi : J'ai demandé plus tard à mon père « Comment as-tu tourné *Cerf-volant du bout du monde*? » Selon lui, au mois de mars ou avril 1956 alors qu'il était professeur à l'Académie de Cinéma pour y donner des cours, il est allé au Bureau du cinéma pour rencontrer M. WANG Lanxi, directeur de ce Bureau. Ce dernier lui a demandé : « On dirait que tu connais le français »? Mon père a répondu « Oui, je le comprends un peu ».« C'est très bien ». Il a rajouté : « Nous allons probablement coproduire un film avec la France, un film pour enfants, et nous pourrions vous inviter à le filmer ».

Wang Xiaolian (Wang Jiayi's daughter): Later, I asked my father how he made the film *The Magic of the Kite*. He told me that in March or April 1956, he was still a teacher in the film academy. He went to teach and met director Wang Lanxi in the Film Administration. Wang Lanxi asked my father: "I heard that you know French." my father replied :"Yes, I know some French". "That's great," Wang said, "We might co-produce a children's film with France, and we might invite you to do it."

王家乙和罗吉·比果　　WANG Kia-Yi et Roger Pigaut　　Wang Jiayi and Roger Pigaut

· 1956 年，受聘在北京电影学院导演系任教的王家乙，当时 36 岁，他成为了新中国第一部中外合拍电影《风筝》的中方导演。

En 1956, WANG Kia-Yi, professeur du département des metteurs en scène de l'Académie de Cinéma de Pékin, alors agé de 36 ans, est ainsi devenu le réalisateur chinois du premier film de co-production sino-étrangère en Chine nouvelle, *Cerf-volant du bout du monde* .

In 1956, Wang Jiayi, who was employed as a teacher in the directing department of Beijing Film Academy at the age of 36, became the Chinese director of the first Chinese-foreign co-produced film *The Magic of the Kite* of New China.

王晓莲（王家乙的女儿）：这是我在长春家里头找到我爸拍《风筝》那部电影的这些资料，有很多他当年的分镜头剧本资料，还有一些就是法国的，法文的电影资料。这本是中国电影出版社出版的《风筝》的电影剧本。这个是一个法文对话的台词本，这个是我爸爸写的那个初稿。

王晓莲 王家乙的女儿

WANG Xiaolian, fille de WANG Kia-Yi

Wang Xiaolian, Wang Jiayi's daughter

WANG Xiaolian, fille de WANG Kia-Yi : Voici des documents retrouvés chez moi à Changchun, sur son tournage du film *Cerf-volant du bout du monde* dont pas mal de découpages. Et d'autres de France, des documents cinématographique en français. Ici c'est le scénario du *Cerf-volant du bout du monde* publié par la maison d'édition cinématographique de Chine, et ça c'est le script en français. Voici la première version «brouillon» rédigée par mon père.

电影《风筝》剧本

Scénario de *Cerf-volant du bout du monde*

The Magic of the Kite published by China Film Press

Wang Xiaolian (Wang Jiayi's daughter): These are the materials I found in my house in Changchun about my father's film *The Magic of the Kite*. There are a lot of materials about his shooting scripts in those years, and some of them are in French. This is the screenplay of the film *The Magic of the Kite* published by China Film Press. This is a script of French dialogue, and this is the first draft written by my father.

王家乙 编剧的电影《风筝》初稿

Première version « brouillon » du *Cerf-volant du bout du monde* rédigée par WANG Kia-Yi

Wang Jiayi's first draft for the film The Magic of the

电影《风筝》工作照　中间成人为王家乙

Photo de film *Cerf-volant du bout du monde* avec WANG Kia-Yi, adulte au milieu

Working photo of the film *The Magic of the Kite*, with Wang Jiayi in the middle

· 原来，王家乙不仅是电影《风筝》的中方导演，他也是这部电影的中方编剧。不过，最初电影《风筝》的剧本是法国编剧进行创作的。

En fait, WANG Kia-Yi est non seulement le réalisateur chinois du *Cerf-volant du bout du monde* mais aussi le scénariste chinois. Par contre, la première version du scénario de *Cerf-volant du bout du monde* a été créée par un scénariste français.

Originally, Wang Jiayi was not only the Chinese director of the film *The Magic of the Kite*, but also the Chinese playwright of the film. However, the original screenplay for the film *The Magic of the Kite* was written by a French screenwriter.

王晓莲 导演王家乙的女儿

WANG Xiaolian, fille de WANG Kia-Yi

Wang Xiaolian, Wang Jiayi's daughter

王晓莲（王家乙的女儿）：当时是电影局看了剧本以后觉得这个剧本总体还是不错的，但是中国的这个部分，这些戏，因为法国导演写的，觉得他们对中国现实不是很了解，觉得他们写的不行，就说让我爸来写。

WANG Xiaolian, fille de WANG Kia-Yi : Après la lecture du scénario par le Bureau du Cinéma, il a trouvé qu'il était pas mal dans l'ensemble mais sauf les moments concernant la Chine, car comme ces parties étaient rédigées par les réalisateurs français, le Bureau pensa qu'ils ne connaissaient pas très bien la situation chinoise et qu'ils ne l'auraient pas bien écrite. Le Bureau confia alors la rédaction de ces parties à mon père.

Wang Xiaolian (Wang Jiayi's daughter): At that time, the Film Administration thought that the script was generally good after reading the script, but felt that the segments about China were not good enough because these parts were written by French directors and it seemed that they did not understand the reality of China, so the Film Administration decided to ask my father to write these segments about China.

王家乙 电影《风筝》中方导演

WANG Kia-Yi, réalisateur chinois du film *Cerf-volant du bout du monde*

Wang Jiayi, Chinese director of the film *The Magic of the Kite*

电影《风筝》海报

Affiche de *Cerf-volant du bout du monde*

The Magic of the Kite published by China Film Press

· 1988 年，69 岁的王家乙去世，但是 60 年前，他拍摄电影《风筝》时的资料，被她的女儿王晓莲精心地保管着。

En 1988, WANG Kia-Yi décéda à l'âge de 69 ans. Mais depuis 60 ans, les documents sur son tournage du *Cerf-volant du bout du monde* sont conservés minutieusement par sa fille WANG Xiaolian.

In 1988, Wang Jiayi passed away at the age of 69, but the materials of his film *The Magic of the Kite* made 60 years ago are carefully kept by his daughter, Wang Xiaolian.

场景 4

Scènes Scenes

电影《风筝》法方编剧安东尼·杜达尔的女友微微安·蒙达农（作家），深情回忆安东尼·杜达尔和电影《风筝》的故事。

Viviane (écrivaine), très proche du scénariste français Antoine Tudal du *Cerf-volant du bout du monde*, rappelle avec émotion Antoine Tudal et son histoire avec ce film.

Vivian Montanon (writer), the girlfriend of Antoine Tudal who was the French screenwriter of the film *The Magic of the Kite*, fondly recalled the story of Antoine Tudal and the film.

电影《风筝》法国编剧安东尼·杜达尔和女友薇薇安·蒙达农住所

Résidence du scénariste français Antoine Tudal du *Cerf-volant du bout du monde* et sa copine

Residence of Vivian Montanon (writer), the girlfriend of Antoine Tudal who was the French screenwriter of the film *The Magic of the Kite*

2019 年 1 月 29 日　法国

Le 29 janvier 2019, France

英文：France，January 29，2019

薇薇安·蒙达农（作家）：这是当时的原版海报。

Viviane (écrivaine) : Voici l'affiche originelle.

Vivian Montanon (writer): This is the original poster at that time

记者：哇，60 年！保存了 60 年！

Journaliste: Oh là là, 60 ans, sauvée depuis 60 ans !

Journalist: Wow, 60 years! It has been preserved for 60 years!

薇薇安·蒙达农（作家）：是的，非常珍贵。

Viviane (écrivaine) : Ah oui, oui, très précieux !

Vivian Montanon (writer): Yes, it's very precious.

薇薇安·蒙达农和电影《风筝》法文海报

Viviane et l'affiche en français du film *Cerf-volant du bout du monde*

Vivian Montanon and original film poster for *The Magic of the Kite* in French

· 她叫薇薇安，是一位演员、作家，电影《风筝》法国编剧安东尼 · 杜达尔的女友。她和安东尼 · 杜达尔在一起生活了 20 多年，她们的相识也是因为电影《风筝》。

Elle s'appelle Viviane, comédienne et écrivaine, très proche du scénariste français Antoine Tudal du *Cerf-volant du bout du monde*, avec qui elle vécut pendant une vingtaine d'années. Ils se rencontrèrent grâce au film *Cerf-volant du bout du monde* .

Her name is Vivian. She is an actress and writer. She is the girlfriend of Antoine Tudal, the French screenwriter of the film *The Magic of the Kite*. She and Antoine Tudal have lived together for more than 20 years. Their acquaintance is also due to the film *The Magic of the Kite*.

薇薇安・蒙达农 电影《风筝》法国编剧安东尼・杜达尔的女友
Viviane, copine du scénariste français Antoine Tudal du *Cerf-volant du bout du monde*

Vivian Montanon the girlfriend of Antoine Tudal who was the French screenwriter of the film *The Magic of the Kite*

薇薇安·蒙达农（作家）：这部影片公映后，被法国世俗（非宗教）作品联盟给购买了下来，这个联盟专门是给学校放映电影的。当我还是个小女孩时，在学校就看过这部电影，我们那个年代的人，你只要问五个人，只要问谁看过《风筝》这部影片，五位中一定有三位举手说看过。

Viviane (écrivaine) : Le film en France a été racheté à sa sortie par la Fédération des Œuvres Laïques, une association qui acquérait des films pour qu'ils soient diffusés dans les écoles. Et donc, comme une petite fille, j'avais déjà vu ce film à l'école. Et quand nous étions 5 personnes de ma génération, si on demandait « qui a vu le *Cerf-volant du bout du monde*», il y avait toujours 3 personnes sur 5 qui l'avaient vu dans leur enfance.

电影《风筝》片段
Extrait du film *Cerf-volant du bout du monde*
Clips of the Film *The Magic of the Kite*

Vivian Montanon (writer): After the film was released, it was purchased by the French Alliance of Secular Works (non religious, and this alliance is dedicated to showing films in schools. When I was a little girl, I saw this film at school. People of my generation, if you asked them who had seen the film *The Magic of the Kite*, three out of five would raise up their hands.

薇薇安・蒙达农

Viviane Montanon, copine du scénariste français Antoine Tudal du *Cerf-volant du bout du monde*

Vivian Montanon, the girlfriend of Antoine Tudal who was the French screenwriter of the film *The Magic of the Kite*

· 电影《风筝》作为法国很多学校的儿童电影教材有 30 多年，成年后的薇薇安在剧团里认识了安东尼 · 杜达尔，并因为对电影《风筝》的喜爱，让他们走到了一起。

电影《风筝》法国编剧安东尼·杜达尔（居中）

Antoine Tudal, au milieu, scénariste français du *Cerf-volant du bout du monde*

Antoine Tudal, the French screenwriter of the film *The Magic of the Kite* (in the middle)

Cerf-volant du bout du monde a été utilisé comme document cinématographique pour enfants par de nombreuses écoles françaises. Depuis plus de 30 ans, en tant qu'adulte,Viviane fit la connaissance d'Antoine Tudal dans une troupe de théâtre. Et c'est grâce à l'affection pour ce film qu'ils se sont unis.

For more than 30 years, the film *The Magic of the Kite* has been used as a children's film teaching material in many schools in France. After she grew up, Vivian met Antoine Tudal in the troupe, and it was the common love for the film *The Magic of the Kite* that brought them together.

电影《风筝》法国编剧安东尼·杜达尔的住所
Résidence du scénariste français Antoine Tudal du *Cerf-volant du bout du monde*
Residence of Antoine Tudal, French screenwriter of the film *The Magic of the Kite*

· 2006 年，薇薇安和安东尼 · 杜达尔搬到了这个乡村小屋里生活，2010 年，79 岁的编剧安东尼 · 杜达尔去世。

En 2006, Viviane et Antoine Tudal ont déménagé dans cette petite maison à la campagne. En 2010, Antoine Tudal a rendu l'âme à l'âge de 79 ans.

Vivian and Antoine Tudal moved to the village cottage in 2006, and in 2010, 79 years old writer Antoine Tudal passed away.

微微安・蒙达农
Viviane Montanon, copine du scénariste français Antoine Tudal du *Cerf-volant du bout du monde*
Vivian Montanon, the girlfriend of Antoine Tudal who was the French screenwriter of the film *The Magic of the Kite*

薇薇安・蒙达农（作家）：还有 15 分钟饭就做好了。

Viviane (écrivaine) : Ça sera prêt dans un quart d'heure.

Vivian Montanon (writer): Dinner will be ready in 15 minutes.

薇薇安·蒙达农（作家）：这是安东尼的办公室，你们看这些照片，这是安东尼与罗吉·比果。这些都是《风筝》的剧照。他特别钟情于中国，安东尼更偏爱道家文化。

Viviane (écrivaine) : C'était le bureau d'Antoine. Là vous voyez des photos. Il est avec Roger Pigaut. Et là ce sont les photos du *Cerf-volant du bout du monde*. Très amoureux de la Chine, Antoine avait une préférence pour la culture taoïste.

Vivian Montanon (writer): This is Antoine's office. Look at these pictures. This is Antoine and Roger Pigaut. These are stills of the film *The Magic of the Kite*. Antoine was especially fond of China, and he preferred Taoist culture.

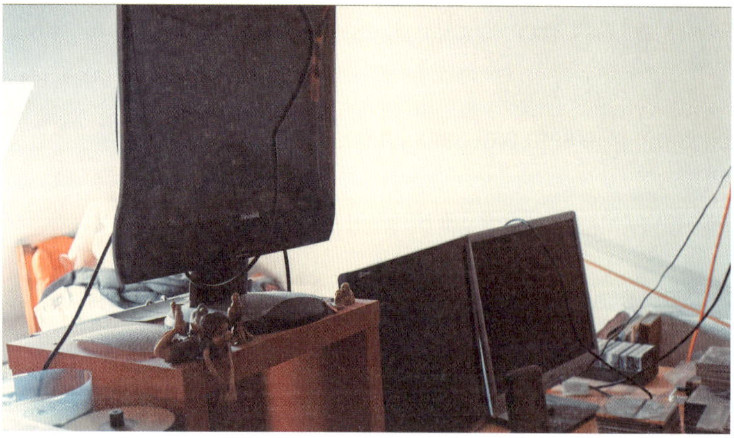

法国编剧安东尼・杜达尔的收藏品和使用过的电脑

Collections et ordinateur du scénariste français Antoine Tudal

Collections and Computer of Antoine Tudal, the French screenwriter

电影《风筝》法国编剧安东尼・杜达尔
Scénariste français Antoine Tudal du *Cerf-volant du bout du monde*
Antoine Tudal, the French screenwriter of the film *The Magic of the Kite*

· 也正是对中国的喜爱，让法国编剧安东尼·杜达尔和电影《风筝》结下了不解之缘。

C'est grâce à cette affection pour la Chine que le scénariste français Antoine Tudal a rencontré son destin avec le film *Cerf-volant du bout du monde*.

It is also the love for China that makes the French screenwriter Antoine Tudal to forge an indissoluble bond with the film *The Magic of the Kite*.

薇薇安·蒙达农（作家）：罗吉·比果是这个电影的导演，他最开始去找了雅克·普莱维尔，他在那个时代是法国最伟大的诗人之一，他本来想和雅克·普莱维尔一起做这部电影。但是雅克对他说，不不，我有一个朋友，他应该会做得更好，他是安东尼·杜达尔。确实，安东尼对中国非常有热情，他非常了解中国文化。于是罗吉·比果就找到了安东尼。

Viviane (écrivaine) : Roger Pigaut, qui est le réalisateur du film, est allé trouver Jacques Prévert. Jacques Prévert c'était un de nos plus grands poètes français à l'époque de *Cerf-volant du bout du monde*. Il voulait faire ce film avec lui et Jacques Prévert lui a dit : « Non, non, j'ai un ami qui fera ça beaucoup mieux que moi, c'est Antoine Tudal. » Et c'est vrai qu'Antoine était totalement passionné par la Chine. Il était très imprégné de culture chinoise, et donc Roger Pigaut est allé le voir. »

Vivian Montanon (writer): Roger Pigaut was the director of the film. He first went to meet Jacques Prevert who was one of the greatest poets in France at that time. He wanted to make the film with Jacques Prevert. But Jacques said to him:"No, no, I have a friend who could do better and his name is Antoine Tudal." Indeed, Antoine was very enthusiastic about China and he knew Chinese culture very well, so Roger Pigaut went to Antoine.

电影《风筝》法国编剧安东尼·杜达尔和导演罗吉·比果

Scénariste français Antoine Tudal du *Cerf-volant du bout du monde* et réalisateur Roger Pigaut

Antoine Tudal, the French screenwriter and the Roger Pigaut, the French director of the film *The Magic of the Kite*

· 就这样，法国编剧安东尼·杜达尔成为了电影《风筝》最早的编剧。当时，1931 年出生的他只有 25 岁，但是他的创作并不是一帆风顺，据说反复创作了 15 稿之多。

C'est ainsi que le français Antoine Tudal est devenu le premier scénariste du film *Cerf-volant du bout du monde*. Né en 1931, il avait alors tout juste 25 ans. Cependant, sa création ne se fit pas sans peine. Il travailla assidûment et s'y reprit jusqu'à écrire 15 versions.

Thus French screenwriter Antoine Tudal became the earliest screenwriter of the film *The Magic of the Kite*. At that time, born in 1931, he was only 25 years old, but his creation process was not going smoothly. It was said that he rewrote the manuscripts for 15 times.

电影《风筝》法国编剧安东尼·杜达尔

Scénariste français Antoine Tudal du *Cerf-volant du bout du monde*

Antoine Tudal, the French screenwriter of the film *The Magic of the Kite*

薇薇安·蒙达农（作家）：是的，第一稿讲的是一只北京动物园里的小熊猫，逃出了动物园。于是皮耶罗，也就是男主角，帮助他的中国朋友们找到了这只熊猫。第二稿的故事雏形是一个爱情故事，讲的是皮耶罗和北京动物园馆长的女儿坠入爱河。这是一个很美的爱情故事。这样前前后后一共创作了 15 稿。

Viviane (écrivaine): Oui alors, il avait écrit une première version, un premier scénario qui racontait l'histoire d'un petit panda du Zoo de Pékin qui se serait évadé, et donc Pierrot, le héros du film, allait aider ses amis chinois à retrouver le panda. La deuxième version du film c'était une histoire d'amour entre Pierrot et la fille du directeur du Zoo de Pékin. C'était une histoire d'amour très gentille… Il y eut comme ça 15 versions.

Vivian Montanon (writer): That's true. The first manuscript was about a panda in Beijing Zoo which escaped from the zoo. So Piero, the leading actor of the film, helped his Chinese friends find the panda. The second manuscript's prototype was a love story about Piero falling in love with the daughter of the curator of Beijing Zoo. This was a beautiful love story. In this way, a total of 15 manuscripts were created.

薇薇安・蒙达农 电影《风筝》法国编剧安东尼・杜达尔的女友

Viviane, copine du scénariste français Antoine Tudal du *Cerf-volant du bout du monde*

Vivian Montanon, the girlfriend of Antoine Tudal who was the French screenwriter of the film *The Magic of the Kite*

· 我们可以看出编剧安东尼 · 杜达尔在电影《风筝》中的创作中做了大量的工作。在电影《风筝》的片尾字幕中，他的署名是对白。 对于 60 年前，电影风筝《剧本》具体的创作情况，我们不得而知。但是法国编剧安东尼 · 杜达尔和薇薇安对电影《风筝》的热爱却是毋庸置疑的。

Avec ces 15 versions révisées, nous constatons que le scénariste Antoine Tudal a beaucoup travaillé pour la création du *Cerf-volant du bout du monde*. Dans le générique de fin du film, son nom a été cité aux « dialogues ». Mais cependant, la passion d'Antoine Tudal et de Viviane pour cette œuvre est incontestable et va bien au-delà de leur participation.

With 15 manuscripts revised, we can see that screenwriter Antoine Tudal's great efforts in the creation of the film *The Magic of the Kite*. In the closing credits of the film, his signature of authorship was dialogue. We don't know exactly how the film script was created 60 years ago. But there's no denying the love of French screenwriter Antoine Tudal and Vivian for the film *The Magic of the Kite*.

薇薇安・蒙达农保存的和电影《风筝》有关的资料

Documents concernant *Cerf-volant du bout du monde* conservés par Viviane

Documents related to the film *The Magic of the Kite* saved by Vivian Montanon

薇薇安·蒙达农　电影《风筝》法国编剧安东尼·杜达尔的女友

Viviane, copine du scénariste français Antoine Tudal du *Cerf-volant du bout du monde*

Vivian Montanon the girlfriend of Antoine Tudal who was the French screenwriter of the film *The Magic of the Kite*

薇薇安·蒙达农（作家）：我想说的是如果罗吉·比果和安东尼·杜达尔看到今天这一幕，看到你们到我家，他们一定是喜悦的。因为当年他们拍摄这部电影，就像播下了一颗中法友谊之间的种子，那么在今天您们今天的到来，正是这颗种子结出的最美丽的花朵。那是一扇打开梦想的大门，很多人都去了中国，因为他们儿时看了这部电影。

Viviane (écrivaine) : Je crois pouvoir dire que si Roger Pigaut ou Antoine Tudal nous voyaient aujourd'hui, vous ici dans cette maison, ils seraient vraiment très heureux. En faisant ce film, c'était eux qui avaient plantée une petite graine de l'amitié sino-française. Aujourd'hui, avec votre présence ici, c'est la plus belle des fleurs qui a poussé. Ce fut une porte ouverte sur le rêve, et beaucoup, beaucoup de personnes sont ensuite allées en Chine parce qu'ils avaient vu ce film, lorsque qu'ils étaient enfants.

Vivian Montanon (writer): What I want to say is that if Roger Pigaut and Antoine Tudal could see this scene today and see you come to my house, they would be happy. Because when they made this film at that time, it was like sowing a seed of friendship between China and France. Today, your arrival is the most beautiful flower of this seed. It's a door to fulfill dreams. A lot of people went to China because they saw the film when they were children.

场景 5

Scènes Scenes

我们在北京寻访到宋小青的饰演者刘祥生，了解他的生活状态，并听他讲述自己为何出演电影中的角色。

Nous avons retrouvé à Pékin LIU Xiangsheng, qui incarna SONG Siao Tsing, pour en savoir plus sur ses conditions de vie et l’écouter expliquer pourquoi il joua ce rôle dans le film.

In Beijing, we found out Liu Xiangsheng who had played the role of Song Xiaoqing in the film, got to know about his life being and listened to his narration of why he had played the role in the film.

北京 Pékin Beijing

2018年12月28日 北京

Le 28 décembre 2018, Pékin

Beijing, Dec. 28, 2018

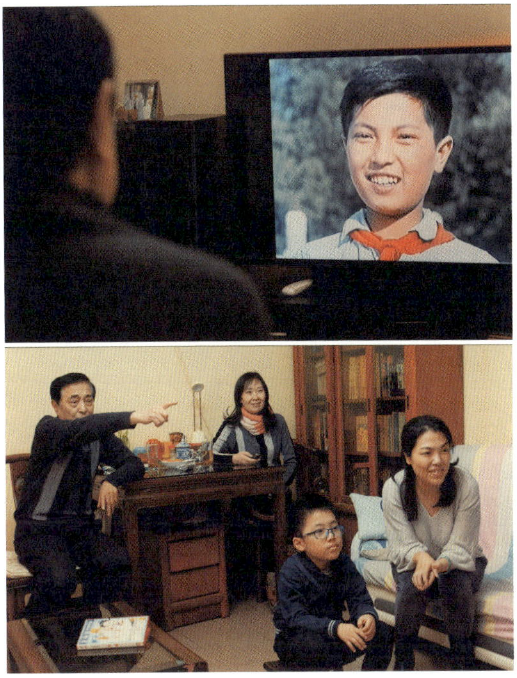

—我的信 。
—啊，宋小青！
—宋小青！宋小青！姥爷！

Ma lettre
Ah, SONG Siao Tsing
SONG Siao Tsing, SONG Siao Tsing, Papi

-It's my letter.
-Oh, Song Xiaoqing!
-Song Xiaoqing, Song Xiaoqing. Grandpa!

电影《风筝》宋小青饰演者刘祥生和家人

LIU Xiangsheng, acteur de « SONG Siao Tsing » dans le film *Cerf-volant du bout du monde* et sa famille

Song Xiaoqing, who played the role of Liu Xiangsheng in the film *The Magic of the Kite*, and his family

· 眼前，这位指着电影《风筝》中宋小青叫姥爷的小朋友，是宋小青的饰演者刘祥生的外孙。74 岁的刘祥生已经退休，除了 60 年前饰演过宋小青这个角色，他再也没有涉足过演艺行业，后来他的职业是医生和医疗器械的经营者。

Devant nous, cet enfant qui pointe son index vers le rôle de « SONG Siao Tsing » du film *Cerf-volant du bout du monde* tout en l'appelant Papi, est le petit-fils de LIU Xiangsheng, acteur qui a incarné « SONG Siao Tsing ». A 74 ans, LIU Xiangsheng est à la retraite. À l'exception du rôle de « SONG Siao Tsing » qu'il a joué il y a 60 ans, il n'a plus mis les pieds dans l'industrie des arts et du spectacle.

In front of us, the child who points to Song Xiaoqing and calls him grandfather in the film *The Magic of the Kite* is the grandson of Liu Xiangsheng, who plays the role of Song Xiaoqing in the film. Liu Xiangsheng, 74 years old, has retired. He has never been involved in acting since he played the role of Song Xiaoqing 60 years ago, and later worked as a doctor and medical device dealer.

刘祥生 电影《风筝》宋小青饰演者
LIU Xiangsheng, acteur de SONG Siao Tsing dans le film *Cerf-volant du bout du monde*
Liu Xiangsheng, who played the role of Song Xiaoqing in the film of *The Magic of the Kite*

刘祥生（宋小青的饰演者）：人贵有自知之明，因为我觉得我不是当演员的材料吧。

LIU Xiangsheng (SONG Siao Tsing) : Ce qui compte pour un homme, c'est d'avoir une juste appréciation de lui-même. Moi, je pense que je ne suis pas né pour être acteur .

Liu Xiangsheng (Song Xiaoqing): The most difficult thing in life is to know yourself, and I think that I am not suitable for being an actor.

—你的信我们在巴黎的一棵树上捡到了。
—巴黎你知道吗?
巴黎吗?巴黎我知道。
—对了对了,你高兴吗?

-Ta lettre, nous l'avons trouvée sur un arbre à Paris. Paris, tu connais Paris ?
-Paris ? Je connais Paris.
-D'accord, d'accord.
-Tu es content ?

-We found your letter in a tree in Paris.
-Do you know Paris?
-Paris? I know Paris.
-Good. Are you happy?

电影《风筝》片段　　Extrait du film *Cerf-volant du bout du monde*　　Clips of the Film *The Magic of the Kite*

—谢谢你。你们都在这儿多好呀！
—她总算把你给找到了。

-Merci ! Vous êtes tous ici, c'est super !
-Il t'a enfin trouvé !

-Thank you. How nice that you are all here!
-She found you at last.

刘祥生在北京的住所　Résidence de LIU Xiangsheng à Pékin　Liu Xiangsheng's residence in Beijing

2018 年 12 月 28 日 北京

Le 28 décembre 2018, Pékin

Beijing, Dec. 28th, 2018

刘祥生（宋小青的饰演者）：来，欢迎！请进。

LIU Xiangsheng (SONG Siao Tsing) : Bienvenue! Entrez, s'il vous plaît !

Liu Xiangsheng (Song Xiaoqing)：Welcome! Please come in.

刘祥生（宋小青的饰演者）：这是我爱人。

LIU Xiangsheng (SONG Siao Tsing) : C'est mon épouse.

Liu Xiangsheng (Song Xiaoqing)：This is my wife.

刘祥生保存的人民画报

Magazine du Peuple, gardé par LIU Xiangsheng

People's Pictorial saved by Liu Xiangsheng

刘祥生（宋小青的饰演者）：这是我多年以前留的一点资料，你们来了，我把它们找出来了。

LIU Xiangsheng (SONG Siao Tsing) : Voici des documents que je garde depuis de nombreuses années. Comme vous veniez ici, je les ai retrouvés.

Liu Xiangsheng(Song Xiaoqing)：There are some data that I reserved years ago. I found them before you came.

刘祥生（宋小青的饰演者）：这是1958年的人民画报，第3期了，在这一页上，风筝从北京到巴黎。这是尼可尔。

LIU Xiangsheng (SONG Siao Tsing) : C'est le *Magazine du Peuple*, n° 3 de l'année 1958. Sur cette page, « le cerf-volant qui s'envole de Pékin à Paris ». C'est Nicole !

Liu Xiangsheng(Song Xiaoqing): This is the third volume of *People's Pictorial* in 1958. On this page, kites go from Beijing to Paris. This is Nicole.

1958 年《人民画报》关于电影风筝的报道

Reportage sur le film Cerf-volant du bout du monde par le Magazine du Peuple en 1958

Report on the film of The Magic of the Kite released on People's Pictorial in 1958

记者：1958 年的画报您保存了 60 年，你经常翻看吗？

Journaliste : Vous avez gardé ce magazine de l'an 1958 depuis 60 ans ! Est-ce que vous le feuilletez souvent ?

Journalist: You've kept it for 60 years. Do you read it very often?

刘祥生（宋小青的饰演者）：也不常翻看，压到箱子底里头，做我的纪念。

LIU Xiangsheng (SONG Siao Tsing) : Non, pas souvent. Je le mets au fond du casier, juste comme un souvenir.

Liu Xiangsheng(Song Xiaoqing): Not really. I put it on the bottom of the box as a souvenir.

记者：那每次你看的时候有什么样的感受？

Journaliste: A chaque fois que vous le feuilletez, qu'en pensez-vous ?

Journalist: How do you feel each time you read it?

刘祥生（宋小青的饰演者）：恍如昨日啊！

LIU Xiangsheng (SONG Siao Tsing) : C'est juste comme si c'était hier.

Liu Xiangsheng(Song Xiaoqing): Just like yesterday

电影《风筝》片段　Extrait du film *Cerf-volant du bout du monde*　Clips of the Film *The Magic of the Kite*

孙悟空，咱们一块去放吧。

Roi-singe, on va le lancer ensemble !

Monkey King, Let's fly a kite together!

咱们去吧，好吧。

On y va, d'accord.

Ok, Let's go.

电影《风筝》片段　Extrait du film *Cerf-volant du bout du monde*　Clips of the Film *The Magic of the Kite*

刘祥生 电影《风筝》宋小青饰演者

LIU Xiangsheng, acteur de SONG Siao Tsing dans le film *Cerf-volant du bout du monde*

Liu Xiangsheng, who played the role of Song Xiaoqing in the film *The Magic of the Kite*

记者：当时为什么会选择你来演宋小青呢？

Journaliste: Pourquoi avez-vous été choisi pour jouer SONG Siao Tsing ?

Journalist: Why were you chosen to play the role of Song Xiaoqing at that time?

电影《风筝》片段 Extrait du film *Cerf-volant du bout du monde* Clips of the Film *The Magic of the Kite*

刘祥生（宋小青的饰演者）：机缘巧合吧。有一天有人，就在学校里挑人，挑孩子。挑了我们学校有那么三四个人，然后还有别的学校的，一共去了有40多人。然后我们就排成两排，我记得我在最后头，最边上一个。就这么就选上了，说找你去拍个电影，机缘巧合。

LIU Xiangsheng (SONG Siao Tsing) : Un coup de chance ! Un jour, quelqu'un est venu à l'école sélectionner des enfants. Trois ou quatre y ont été choisis. Il y avait également des enfants venus d'autres écoles, au total, une quarantaine d'élèves. On s'est allignés sur deux rangées. Je me rappelle que j'étais à la fin, au bout de la queue, et on m'a dit « tu es choisi pour le tournage d'un film ». Juste un coup de chance !

Liu Xiangsheng(Song Xiaoqing): It's quite coincidental. One day someone came to select child actors in my school. There were three or four children selected from my school and some from other schools, with a total of more than 40 children selected. Then we were in two rows. I still remember I was at the end, the last one. Then I was selected and they told me to make a film. It's really a coincidence.

刘祥生和外孙　LIU Xiangsheng et son petit-fils　Liu Xiangsheng and his grandson

刘祥生　电影《风筝》宋小青饰演者

LIU Xiangsheng, acteur de SONG Siao Tsing dans le film *Cerf-volant du bout du monde*

Liu Xiangsheng who played the role of Song Xiaoqing in the film *the Magic of the Kite*

姥爷，姥爷

-Papi, Papi

-Grandpa. Grandpa.

刘祥生（宋小青的饰演者）：哎。

-LIU Xiangsheng (SONG Siao Tsing) : Oui.

-Liu Xiangsheng(Song Xiaoqing)：Hey.

· 退休在家的刘祥生，主动担负起了照看外孙的任务，这成了他晚年生活的重要组成部分。虽然他没有从事演艺工作，但是刘祥生特别喜欢欧美音乐，这是他出演《风筝》角色后养成的一个习惯。在中国，我们只联系到电影《风筝》中宋小青的饰演者刘祥生，不过，在法国，我们找到了电影《风筝》中的另一位中国小演员。

Depuis sa retraite, LIU Xiangsheng reste à la maison, en ayant pris l'initiative de s'occuper de son petit-fils qui est devenu une partie importante de sa vie. Bien qu'il ne soit pas devenu acteur, LIU Xiangsheng adore la musique occidentale. C'est un plaisir qu'il a développé après avoir joué dans le film *Cerf-volant du bout du monde*. En Chine, nous n'avons réussi à prendre contact qu'avec LIU Xiangsheng qui incarna SONG Siao Tsing. Par contre, en France, nous avons retrouvé une autre petite actrice chinoise du film.

After his retirement, Liu Xiangsheng took the initiative to take care of his grandson, which became an important part of his later life. Although Liu does not work in acting, he is particularly fond of European and American music, which is a habit he picked up after playing the role in the film *The Magic of the Kite*. In China, we have only been able to contact Liu Xiangsheng, who plays the role of Song Xiaoqing in the film, but in France, we have found another Chinese child actor in the film.

场景 6

Scènes Scenes

在巴黎寻访到电影《风筝》中周佩琴的饰演者华卫民，她讲述了为何出演《风筝》影片的角色。并讲述电影《风筝》作为法国儿童教材的故事。

Nous avons retrouvé à Paris HUA Weimin, actrice de ZHOU Peiqin. Elle rappelle son rôle dans *Cerf-volant du bout du monde* et raconte comment ce film est devenu un manuel pédagogique pour les enfants français.

In Paris, we found out Hua Weimin who had played the role of Zhou Peiqin. She recalled the story of her playing the role in the film *The Magic of the Kite*, and told how this film had turned out to be contents of the textbooks for French children.

电影《风筝》片段 Extrait du film *Cerf-volant du bout du monde* Clips of the Film *The Magic of the Kite*

—周佩琴！

—啊？是你们！

—我们碰到两个法国小朋友，

他要找宋小青。

你认得这个人吗？

你快去见见他吧！

他有一封信是宋小青写的，

他写的可好了

—有什么消息吗？

—别乱问 这可不像在家里面，

—你应该学的文雅一点 。

-ZHOU Peiqin
-Ah c'est vous ?
-Nous avons rencontré deux petits enfants français, et il veut voir SONG Siao Tsing.
Tu le connais ?
Tu devrais le voir rapidement.
Il a unc lettre écrite par SONG Siao Tsing.
Il l'a vraiment bien écrite.
-Vous avez des nouvelles ?
-Arrête de poser des questions comme ça. On n'est pas chez nous.
-Tu devrais apprendre à te comporter comme il faut.

-Zhou Peiqin
-Is it you?
-We met two French children and he wanted to see Song Xiaoqing.
Do you know this man?
You should see him quickly.
-He has a letter written by Song Xiaoqing, The letter he wrote is very good.
-Is there any news?.
-Don't ask. This isn't like at home. You should learn to be more polite.

电影《风筝》片段 居中为华卫民 电影《风筝》周佩琴饰演者

Extrait du film *Cerf-volant du bout du monde* avec HUA Weimin au milieu, actrice de ZHOU Peiqin dans le film *Cerf-volant du bout du monde*

Clips of the Film *The Magic of the Kite*, with Hua Weimin, who played the role of Zhou Peiqin, in the middle

—你好，听说你要找人是吗？
—认识你很高兴，我又多了一个中国朋友。
—你叫什么？
—我的名字叫周佩琴。

-Bonjour, j'ai entendu dire que tu cherchais quelqu'un?
-Ravi de faire ta connaissance. J'ai une nouvelle amie chinoise.
-Comment tu t'appelles ?
-Je m'appelle ZHOU Peiqin.

-Helllo, are you looking for someone?
-Nice to meet you. I have a new Chinese friend.
-What's your name?
-I am Zhou Peiqin.

· 上个世纪 70 年代末，影片中饰演周佩琴的华卫民去了法国。

A la fin des années 70, la jeune fille HUA Weimin qui a incarné « ZHOU Peiqin » dans le film est allée en France.

In the late 1970s, Hua Weimin who played Zhou Peiqin in the film went to France.

华卫民 电影《风筝》周佩琴饰演者

HUA Weimin, actrice de ZHOU Peiqin dans le film *Cerf-volant du bout du monde*

Hua Weimin, who played the role of Zhou Peiqin in the film of *The Magic of the Kite*

2019 年 1 月 31 日　巴黎

Le 31 janvier 2019, Paris

Paris, January 31，2019

· 她就是饰演周佩琴的华卫民，72 岁，拥有中国、波兰、法国的血统。她的祖父华南圭是近代中国著名土木工程专家，父亲华揽洪是近代中国著名建筑大师，曾任北京市建筑设计研究院总建筑师，华卫民上个世纪 70 年代末到法国留学，后来在法国巴黎大学任教，教中文，那么，她是怎么出演电影《风筝》角色的呢？

Voici HUA Weimin qui a joué le rôle « ZHOU Peiqin ». Elle a 72 ans maintenant, elle est d'origine sino-franco-polonaise. Son grand-père HUA Nangui est un grand expert en génie civil des temps modernes de la Chine. Et son père HUA Lanhong est un architecte très réputé, qui a été nommé architecte en chef de l'Institut de Design Architectural de Pékin. A la fin des années 70, HUA Weimin est allée en France pour continuer ses études, et est devenue professeur de chinois à l'Université de Paris. Mais comment a-t-elle été choisie pour son rôle dans ce film ?

She is Hua Weimin who played the role of Zhou Peiqin in the film. She is 72 years old and has Chinese, Polish and French descent. Her grandfather, Hua Nangui, was a famous expert in civil engineering in modern China. Her father, Hua Lanhong, was a famous master of architecture in modern China and used to be the chief architect of Beijing Institute of Architectural Design. Hua Weimin went to France to study in the late 1970s, and later taught Chinese in the University of Paris. So how did she come to play the role in the film *The Magic of the Kite*?

电影《风筝》片段　Extrait du film *Cerf-volant du bout du monde*　Clips of the Film *The Magic of the Kite*

—到这儿来干嘛?

—这是北海少先队水电站,

我们要用麦克风来找宋小青。

—是你们要找人吗?

-Pourquoi est-on venus ici ?

-C'est la centrale hydroélectrique des jeunes pionniers de Beihai.

-On va utiliser le microphone pour chercher SONG Siao Tsing.

-Vous cherchez quelqu'un ?

What are you doing here?

This is the Beihai Young Pioneers Hydropower Station.

We're going to use the microphone to look for Song Xiaoqing.

Are you looking for someone?

—是呀!

—他已经来了。

宋小青来了。

真的? 这么快。

我太激动了。

你瞧他, 冷静一点。

-Oui. Il est arrivé.

-SONG Siao Tsing est là.

-C'est vrai. Assez vite. Je suis très excité.

-Regarde-le. Calme-toi.

Yes.

He is here.

Song Xiaoqing has come.

Really ? So fast.

I am so excited.

Look at him. Please calm down.

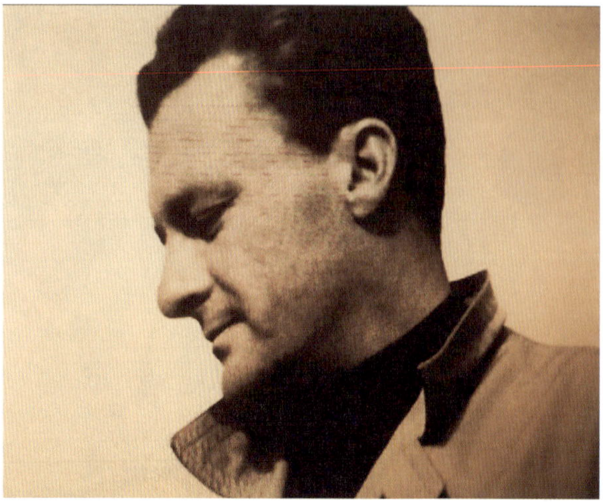

罗吉·比果 电影《风筝》法方导演

Roger Pigaut, réalisateur français du film *Cerf-volant du bout du monde*

Roger Pigaut, French director of the film *The Magic of the Kite*

· 1957 年 4 月 3 日，中国电影工作者联谊会举行欢迎会，招待到京的法国电影代表团。北京电影制片厂厂长汪洋在欢迎会上说，北京电影制片厂和法国加朗斯电影制片公司已经决定共同摄制一部彩色儿童故事片。看到这个消息，不到 12 岁的华卫民，自己跑到了北京饭店，找到了法国导演罗吉·比果，表示自己想为电影帮忙。

Le 3 avril 1957, l'Association des Cinéastes Chinois a organisé une cérémonie d'accueil pour l'arrivée à Pékin de la délégation des cinéastes français. Le directeur du Studio de Film de Pékin, WANG Yang, a déclaré pendant la cérémonie que le Studio cinématographique de Pékin et la société française Garance Films, s'étaient mis en accord pour le tournage d'un grand film en couleur pour enfants. Ayant appris cette nouvelle, HUA Weimin, agée de moins de 12 ans à l'époque, s'est rendue toute seule à l'Hôtel de Pékin et s'est adressée au réalisateur français Roger Pigaut pour exprimer son souhait de participer au tournage.

On April 3, 1957, the Chinese film workers' association held a welcome party for the French Film Delegation to Beijing. Wang Yang, director of Beijing Film Studio, said at the welcome party that Beijing Film Studio and French Garance film production company had decided to jointly produce a color children's feature film. Hearing the news, Hua Weimin, less than 12 years old at that time, ran to the Beijing Hotel and went to French director Roger Pigaut, saying that she wanted to offer some help for the film.

华卫民 电影《风筝》周佩琴饰演者

HUA Weimin, actrice de ZHOU Peiqin dans le film *Cerf-volant du bout du monde*

Hua Weimin, who played the role of Zhou Peiqin in the film *The Magic of the Kite*

华卫民（周佩琴的饰演者）：我去的时候，我没有马上说，我要当一个演员，我就说呢我挺感兴趣的，我说我也可以作为一个小翻译那样。

HUA Weimin (ZHOU Peiqin) : Quand je suis arrivée, je n'ai pas dit tout de suite que je voulais être actrice. J'ai dit simplement que cela m'intéressait et que je pourrais participer au tournage, par exemple en tant qu'interprète.

Hua Weimin (Zhou Peiqin): When I arrived, I didn't immediately say that I wanted to be an actress, I just said that I was very interested in the film and could work as a translator.

电影《风筝》片段 居中女孩为华卫民 饰演周佩琴

Extrait du film *Cerf-volant du bout du monde* avec HUA Weimin, fille au milieu et actrice de ZHOU Peiqin

Clips of the Film *The Magic of the Kite*, the girl in the middle is Hua Weimin, who played the role of Zhou Peiqin

—别着急，会找到的

-Ne t'inquiète pas, on va le trouver.

-Take it easy. We will find it.

华卫民 电影《风筝》周佩琴饰演者
HUA Weimin, actrice de ZHOU Peiqin dans le film *Cerf-volant du bout du monde*
Hua Weimin, who played the role of Zhou Peiqin in the film *The Magic of the Kite*

就这样，还不到 12 岁的华卫民，毛遂自荐成为了电影《风筝》中的小演员，对于那一段经历，她也是非常地难忘，并收集保存了关于电影《风筝》的许多资料，她还向我们展示了电影《风筝》作为法国学校教材的图书。

C'est ainsi que, la petite HUA Weimin s'est portée volontaire pour devenir une jeune actrice du *Cerf-volant du bout du monde*. Une telle expérience c'est tout à fait inoubliable pour elle. Elle a donc collecté et conservé beaucoup de documents au sujet de ce film. Elle nous a également montré le livre du film de *Cerf-volant du bout du monde* édité comme manuel scolaire français.

In this way, Hua Weimin, less than 12 years old, volunteered to become a child actress in the film *The Magic of the Kite*. That experience was also very unforgettable for her and she collected and preserved many materials about the film. She also showed us some books using the film as a textbook for French schools.

华卫民（周佩琴的饰演者）：这个呢是给什么，是给学校，它里头经常有一些就是说怎么拍的，为什么当时这么拍的。

电影《风筝》法文儿童电影教材

Livre du film *Cerf-volant du bout du monde* édité comme manuel scolaire pédagogique de cinéma français

The film script has been used as a textbook for French schools

HUA Weimin (ZHOU Peiqin) : C'est pour les écoles. Ça montre comment le film a été tourné et pourquoi on a tourné de cette façon-là.

Hua Weimin (Zhou Peiqin):This book is for schools, explaining how we shot it and why we shot it that way.

电影《风筝》片段 小女孩为希尔维娅娜·罗森伯格 尼可尔饰演者

Extrait du film *Cerf-volant du bout du monde* avec Sylviane Rozenberg, petite fille et actrice de Nicole

Clips of the Film, Sylviane Rozenberg, who played the role of Nicole in the film.

· 新中国第一部合拍电影《风筝》播出 60 年之际，我们寻访到了影片中两位中方小演员华卫民和刘祥生，那么，影片中的法国小演员我们又将寻找到哪一位呢？

A l'occasion du 60e anniversaire de la projection de ce premier film de co-production sino-étrangère, nous avons retrouvé deux acteurs chinois, HUA Weimin et LIU Xiangsheng. Et pour les jeunes acteurs français du film, la recherche a été lancée.

On the 60th anniversary of the release of the first co-produced film *The Magic of the Kite* in new China, we successfully found two Chinese child actors Hua Weimin and Liu Xiangsheng. Then, which French actor will we find in the film?

场景 7

Scènes Scenes

在法国电视台摄制组的帮助下，我们在巴黎寻访到电影《风筝》中尼可尔的扮演者希尔维娅娜·罗森博格，她讲述了自己出演这部电影的经历，以及当下的生活状态。

Grâce à l’aide de l’équipe de télévision française, nous avons retrouvé à Paris Sylviane Rozenberg, actrice de Nicole. Elle raconte son expérience dans ce film et sa vie actuelle.

With the help of the shooting crew of the French television, in Paris we found out Sylviane Rozenberg who had played the role of Nicole. She told us her experience of acting in this film and her life being at present.

《全球功夫春晚》录制现场

Extrait du Gala Mondial de Nouvel An chinois de Kung-fu

Clips of Recording site for Global Kung Fu Spring Festival Gala

2019 年 1 月 27 日　巴黎

Le 27 janvier 2019, Paris

Paris, January 27，2019

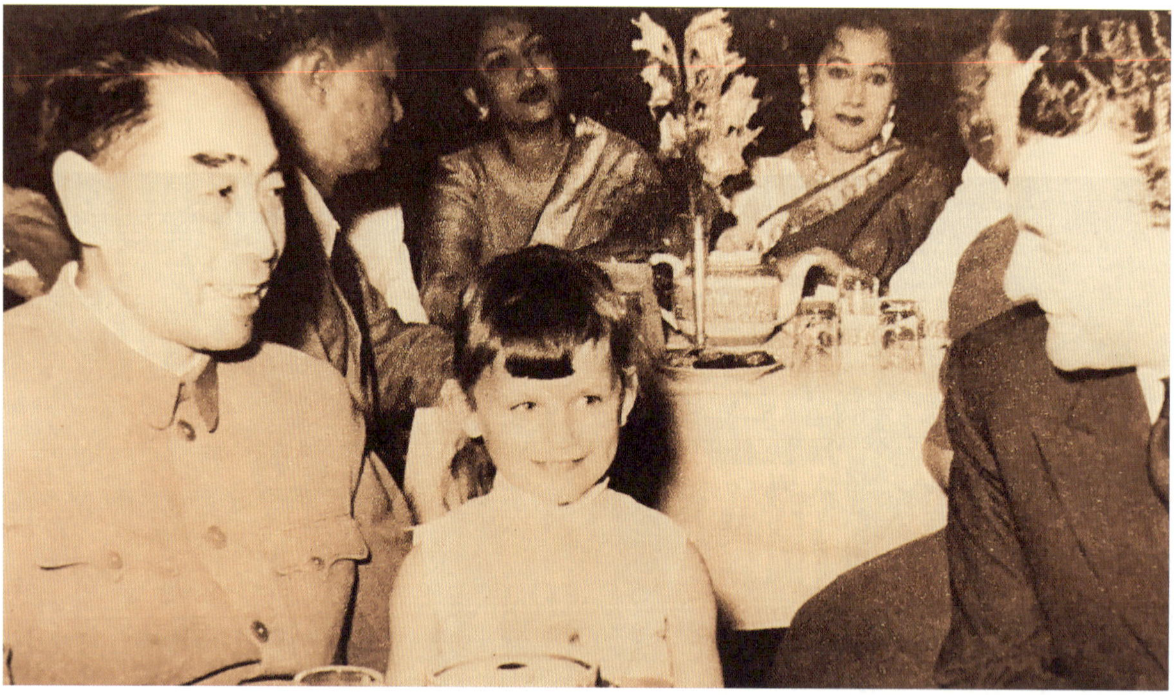

周恩来和电影《风筝》尼可尔饰演者希尔维娅娜・罗森伯格

ZHOU Enlaï et Sylviane Rozenberg, actrice de Nicole dans le film *Cerf-volant du bout du monde*

Zhou Enlai and Sylviane Rosenberg, who played the role of Nicole in the film

希尔维娅娜・罗森伯格和电影《风筝》中的小伙伴

Sylviane Rozenberg et l'autre copain dans le film *Cerf-volant du bout du monde*

Sylviane Rosenberg and her friend in the film *The Magic of the Kite*

·《全球功夫春晚》片段：我们将会看到几组照片，看到中法两国非常年轻的演员，参与拍摄这部非常美的影片，我们看到周恩来总理让孩子坐在他的腿上，法国国际电视五台面向全世界播出，我们借此机会发布寻人启事，我们想寻找当年电影里的中法小演员。

Extrait du Gala Mondial de Nouvel An chinois de Kung-fu : On va voir quelques photos, on va reconnaître les jeunes acteurs franco-chinois qui ont participé à ce très joli film. Il y a aussi le Premier Ministre ZHOU Enlaï, qui a fait l'enfant s'asseoir sur ses genoux. Grâce à TV5 Monde, on va d'ailleurs en profiter pour lancer un appel, dans le monde entier, car nous voulons retrouver les petits acteurs français et chinois.

Clips of Global Kung Fu Spring Festival Gala: We will see several groups of photos. We will see very young actors from China and France taking part in the shooting of this beautiful film. We will see Premier Zhou Enlai holding the child on his lap. TV5MONDE will broadcast it to the whole world. We take this opportunity to issue the notice of missing persons column. We would like to look for the children actors in the film from China and France.

2019 年农历春节 法国巴黎华人庆祝时的情景

Nouvel an chinois lunaire en 2019, des scènes de célébration des chinois à Paris en France

Lunar New Year 2019, Chinese in French are celebreating the Spring Ferstibal, in February 2019

· 2019 年 2 月，中国农历春节期间《全球功夫春晚》在法国国际电视五台播出。不久，电影《风筝》中饰演尼可尔的法国小演员希尔维娅娜 · 罗森伯格被我们寻访到。那么，她又是如何被选中出演电影《风筝》角色的呢？

En février 2019, le Gala Mondial de Nouvel An chinois de Kung-fu a été diffusé par TV5 Monde. Peu après, nous avons pu reprendre contact avec Sylviane Rozenberg, la petite actrice française qui a joué le rôle de Nicole. Comment a-t-elle été choisie pour le rôle de Nicole ?

During the Chinese Lunar New Year in February 2019, the Global Kung Fu Spring Festival Gala was broadcasted on TV5MONDE. Soon, we found Sylviane Rozenberg, the French actress who played Nicole in the film *The Magic of the Kite*. So, how was she chosen to play the role in the film?

希尔维娅娜·罗森伯格　电影《风筝》尼可尔饰演者
Sylviane Rozenberg, actrice de Nicole dans le film *Cerf-volant du bout du monde*
Sylviane Rozenberg, who played the role of Nicole in the Film T*he Magic of the*

—救火员先生！
—你有什么事情吗？
—请你把树顶上的风筝拿下来好吗？

-Monsieur le pompier
-Qu'est-ce qu'il y a ?
-Pourriez-vous me récupérer le cerf-volant sur l'arbre ?

-Mr. Fireman
-What's up?
-Will you please take down the kite from the top of the tree?

希尔维娅娜·罗森伯格 电影《风筝》尼可尔饰演者

Sylviane Rozenberg, actrice de Nicole dans le film *Cerf-volant du bout du monde*

Sylviane Rozenberg, who played the role of Nicole in the film

· 希尔维雅娜·罗森博格（尼可尔的饰演者）：我保存着法兰西晚报上的广告，那是 1957 年，说要寻找一位小演员，那就是我。一位 5 岁半的女孩、金发、马尾辫，我妈妈和爸爸说，这不正是希尔维雅娜？于是，我爸爸就带着我来到位于香榭丽舍大街的海选地，我记得很清楚，打开门的时候，里面全是金色头发梳着马尾辫的小女孩，我们都很像，后来，我也不知道为什么选择了我。

Sylviane Rozenberg (Nicole): On a gardé l'annonce publiée dans « France Soir » en 1957 qui cherchait une petite fille, et c'était moi. Une petite fille de 5 ans et demi, blonde, avec une queue de cheval. Et ma mère et mon père ont dit « Mais, c'est Sylviane»! Papa, il m'a pris par la main et il m'a emmenée à un casting sur les Champs-Elysées, sur une scène, je m'en souviens très bien. Et quand on a ouvert la porte, il y avait plein de petites filles blondes avec une queue de cheval. On se ressemblait toutes à peu près. Puis, c'est moi qu'ils ont prise. Je ne sais toujours pas pourquoi.

Sylviane Rozenberg (Nicole): I still kept the advertisement in the France Soir. It was in 1957 that an advertisement said that they were looking for a child actress, and that was me. They were looking for a five-and-half-years-old girl with blonde hair and ponytail, and my mom and dad said isn't that Sylviane? So my father took me to the audition site on the Champs Elysees. I remember very well that when I pushed the door open, there were all little girls with golden hair and ponytails and all of us looked alike. Later, I didn't know why I was selected.

电影《风筝》片段

Extrait du film *Cerf-volant du bout du monde*

Clips of the Film *The Magic of the Kite*

—这是哪儿啊？

-On est où ?

-Where is this?

—我的小姐，要是我没弄错的话，该是北京了。

-Mademoiselle, si je ne me trompe pas, on est à Pékin.

-Hey, Miss, If I am not mistaken, it should be Beijing.

电影《风筝》片段

Extrait du film *Cerf-volant du bout du monde*

Clips of the Film *The Magic of the Kite*

· 1957 年，虽然希尔维娅娜出演电影《风筝》时只有 5 岁半，但是 62 年过去了，她依然清晰地记得当时来中国拍摄这部电影时的情景。

En 1957, Sylviane n'avait que 5 ans et demi quand elle a participé au tournage du *Cerf-volant du bout du monde* . Mais 62 ans sont passés et elle se souvient toujours clairement de son voyage en Chine pour le tournage.

In 1957, Sylviane was only five and half years old when she played a role in the film, but 62 years later, she still clearly remembers the scene when she came to China to shoot the film.

电影《风筝》片段　Extrait du film *Cerf-volant du bout du monde*　Clips of the Film *The Magic of the Kite*

希尔维娅娜·罗森博格（尼可尔的饰演者）：我记忆如泉涌，当我们到北京时，一下飞机就看到红地毯，有音乐，天坛的建筑都是圆的，是天蓝色穹顶。还有故宫。那时我们可都是在实景中拍摄的，这些都是回忆。我还记得有一个大锅，就是很多孩子在一起做饭，我往里倒酱油醋之类的调料，那是孩子们在自主做饭。

Sylviane Rozenberg (Nicole) : Dans ma mémoire, là, tout en ressort. Je me souviens quand on est arrivés, le tapis rouge, la musique, je me souviens, le Temple du Ciel, un monument tout rond, bleuté, et le Palais Impérial. Ce film est tourné en décors naturels. C'est des souvenirs...Je me souviens, on faisait, il y avait une grande marmite, on faisait une espèce de... à manger dedans. On voyait que je suis en train de verser, je savais pas si c'était du vinaigre, ou de l'huile. C'étaient les enfants qui faisaient de la cuisine de leur autonomie.

Sylviane Rozenberg (Nicole): I have a flood of memories. When we got to Beijing, we got off the plane and saw the red carpet, and there was also music. The buildings in the Temple of Heaven were all round, with sky blue domes, and we also saw the Forbidden City. At that time, we were all shooting in real scenes, and these were all our memories. I still remember that there was a big pot where many children cooked together, and I poured sauce and vinegar and other spices into it. In those days, the children cooked for themselves.

希尔维娅娜·罗森伯格 和阿兰德龙

Sylviane Rozenberg et Alain Delon

SylvianeRozenberg and Alain Delon

· 由于在电影《风筝》中的出色的演出，之后希尔维娅娜和阿兰德龙合作拍摄了一部电影，但是她最终职业并不是演员。

Grâce à sa belle performance dans le film *Cerf-volant du bout du monde* , Sylviane a participé par la suite au tournage coopératif avec Alain Delon. Mais son métier final n'est pas actrice.

Because of the outstanding performance in the film *The Magic of the Kite*, Sylviane and Alain Delon co-operated to make a film after that, but her final career was not as an actress.

希尔维娅娜·罗森博格（尼可尔的饰演者）：之后我就去上学了，考上了会计专业，之后一直在做保险工作。

Sylviane Rozenberg (Nicole) : Mais bon, du coup, je suis allée à l'école, j'ai eu un baccalauréat de comptabilité et je travaille toujours dans le secteur de l'assurance.

Sylviane Rozenberg (Nicole): After that, I went to school and was admitted to the accounting department. After that, I have been doing insurance work.

希尔维娅娜·罗森伯格

Sylviane Rozenberg

Sylviane Rozenberg

场景 8
Scènes Scenes

电影《风筝》中宋小青的饰演者刘祥生准备到潍坊复制影片中的孙悟空风筝。 著名演员六小龄童和电影《风筝》中孙悟空的饰演者张春华的儿子，讲述张春华出演孙悟空的故事，以及影片中孙悟空的巨大影响力。

LIU Xiangsheng, acteur qui joua SONG Siao Tsing dans le film *Cerf-volant du bout du monde*, se rend à Weifang pour faire reproduire un cerf-volant de Roi singe pareil au film. Le célèbre acteur Liu Xiao Ling Tong et le fils de ZHANG Chunhua, qui joua le Roi singe dans ce film, racontent l'histoire du rôle de ZHANG Chunhua en tant que Roi singe et l'énorme influence du Roi singe dans ce film.

Liu Xiangsheng, who had played the role of Song Xiaoqing in the film *The Magic of the Kite*, was planning to go to Weifang, a city in China which is known as the hometown of kites, to copy a Monkey King kite from the film. The famous actor Liu Xiao Ling Tong (Monkey King of a new generation) and the son of Zhang Chunhua, who had played the role of Monkey King in the film, told the story of Zhang Chunhua's playing the role of Monkey King and the great influence of Monkey King in the film.

刘祥生乘高铁前往潍坊市
LIU Xiangsheng en TGV à destination de Weifang
Liu Xiangsheng took a high-speed railway to Weifang

· 电影《风筝》中宋小青的饰演者刘祥生，听说在法国找到了两位当年《风筝》中的小演员，他决定复制一只电影《风筝》中的孙悟空风筝，前往法国和他们相见，于是他乘坐高铁前往被誉为风筝故乡的中国潍坊市，去找人制作。

电影《风筝》剧照 右 1 为刘祥生 居中为希尔维娅娜・罗森伯格

Photo de film *Cerf-volant du bout du monde*, avec LIU Xiangsheng à tout droite, et Sylviane Rozenberg au milieu

Clips of the Film *The Magic of the Kite*, Liu Xiangsheng (on the right) and Sylviane Rozenberg (in the middle)

Liu Xiangsheng, acteur qui joua SONG Siao Tsing dans le film, a entendu dire qu'on avait retrouvé les deux petits acteurs en France. Il a décidé de faire reproduire un cerf-volant de Roi singe pareil au film pour aller les rencontrer en France. Ainsi il est parti en TGV pour aller à Weifang, la capitale du cerf-volant pour trouver quelqu'un qui pourrait le faire à l'identique.

Liu Xiangsheng, who has played the role of Song Xiaoqing in the film *The Magic of the Kite*, heard that two child actresses in the film were found in France, so he decided to make a copy of a Monkey King kite from the film and go to France to meet them. Then, he took a high-speed railway to Weifang, China, which is known as the hometown of kites, to find someone to make the kite.

薇薇安·蒙达农（作家）：这位孙悟空，猴王，当风筝变活的这个时刻，孙悟空是如此的生动活泼，特技效果出现了。

Viviane (écrivaine) : C'était SUN Wukong, le Roi des singes. Quand le cerf-volant est devenu vivant...SUN Wukong était tellement vivant avec l'effet de trucages.

Vivian Montanon (writer): This is the Monkey King called Sun Wukong. When the Monkey King kite becomes alive, Monkey King is also lively with the special effect.

电影《风筝》片段 电影《风筝》孙悟空饰演者张春华

Extrait du film *Cerf-volant du bout du monde* ZHANG Chunhua, acteur de SUN Wukong

Clips of the Film *The Magic of the Kite* , Zhang Chunhua played the role of Monkey King

电影《风筝》片段 电影《风筝》孙悟空饰演者张春华

Extrait du film *Cerf-volant du bout du monde* ZHANG Chunhua, acteur de SUN Wukong

Clips of the Film *The Magic of the Kite* , Zhang Chunhua played the role of Monkey King

—嗯，宋小青！

—他住哪儿？

—我没有地址，给培培尔抢去了，我不知道怎么办才好。

—你知道，宋小青他住在北京吗？

—嗯，北京！

—嗯，好，我送你到北京去你看好吗？

—到北京？这怎么可能？

-Song Siao Tsing
-Oui, SONG Siao Tsing
-Où habite-il ?
-Je n'ai pas son adresse. Bébert me l'a prise. Je ne sais pas quoi faire.
-Tu sais que SONG Siao Tsing habite à Pékin ?
-Oui, à Pékin.
-D'accord, c'est bon. Et si je t'emmène à Pékin?
-A Pékin ? Comment c'est possible, ça ?

-Well, Song Xiaoqing.
-Where does he live?
-I didn't have the address. Pepper took it from me. I didn't know what to do.
-Do you know if Song Xiaoqing lives in Beijing?
-Yes, Beijing.
-Well, OK. I'll take you to Beijing. Do you like it?
-Go to Beijing? How possible?

电影《风筝》片段 电影《风筝》孙悟空饰演者张春华

Extrait du film *Cerf-volant du bout du monde* ZHANG Chunhua, acteur de SUN Wukong

Clips of the Film *The Magic of the Kite* , Zhang Chunhua played the role of Monkey King

· 电影《风筝》中的孙悟空饰演者叫张春华，他是一位中国京剧武丑演员，堪称一代武丑奇才，那么，他为何会成为电影《风筝》角色的呢?

L'acteur qui joue le Roi singe dans le film *Cerf-volant du bout du monde* s'appelle ZHANG Chunhua, grand maître de "comédien des arts martiaux" dans l'Opéra de Pékin. Alors comment a-t-il obtenu ce rôle de Roi singe?

Zhang Chunhua played the role of Monkey King in the film *The Magic of the Kite*. He was one of the military comedians in Chinese Peking Operas and can be said to be a rare personality in his generation as a military comedian. So why did he play a role in the film *The Magic of the Kite*?

张小华 电影《风筝》孙悟空饰演者张春华的儿子
ZHANG Xiaohua, fils de ZHANG Chunhua qui joua SUN Wukong dans le film *Cerf-volant du bout du monde*
Zhang Xiaohua, son of Zhang Chunhua who played the role of Monkey King

张春华 电影《风筝》孙悟空饰演者
ZHANG Chunhua, acteur de SUN Wukong dans le film *Cerf-volant du bout du monde*
Zhang Chunhua, who play the role of Monkey King in the film *The Magic of the Kite*

张小华（张春华的儿子）：当时在中国演孙悟空的有很多比我父亲还棒的艺术家，像李少春中国猴王，对吧，李少春，李万春这都不同风格的猴儿。法国当时就选定了我父亲，因为我父亲先把这个京剧带过去了，1951 年和 1955 年我父亲把这些京剧艺术，把这个武戏啊，《三岔口》《孙悟空》带到法国以后，轰动法国以后，法国的一个导演，他就说要这个人来演。

张春华 电影《风筝》孙悟空饰演者

ZHANG Chunhua, acteur de SUN Wukong dans le film *Cerf-volant du bout du monde*

Zhang Chunhua, who played the role Monkey King in the Film *The Magic of the Kite*

ZHANG Xiaohua, fils de ZHANG Chunhua : Il y avait à l'époque en Chine d'autres artistes qui jouaient 《Roi singe》 mieux que mon père, tels que LI Shaochun et son《Roi singe de Chine》, et encore LI Wanchun, avec chacun son style. Les Français ont préféré que ce soit mon père parce qu'il avait présenté le premier opéra de Pékin en France en 1951 et 1955 avec des œuvres comme *Au carrefour de trois chemins* ou *Roi singe* qui avaient été très bien réussies. Et un réalisateur français a dit qu'il voulait cette personne pour jouer le rôle du Roi singe.

Zhang Xiaohua(Zhang Chunhua's son): At that time, there were many artists who were better than my father in playing Monkey King in China, such as Li Shaochun, the monkey king of China, right? Li Shaochun and Li Wanchun played different styles of monkey kings. My father was chosen by French side at that time, because my father brought the Peking Opera to France first. In 1951 and 1955, my father brought the Peking opera art, especially the martial arts opera, such as At the Crossroad, Sun Wukong(Monkey King), etc to France. After they made a sensation in France, a French director said he wanted this man to play the role.

—准备好了没有 ？

—好了！

-Vous êtes prêts ?

-Oui !

-Are you ready?

-Yes!

电影《风筝》片段 电影《风筝》孙悟空饰演者张春华

Extrait du film *Cerf-volant du bout du monde* ZHANG Chunhua, acteur de SUN Wukong

Clips of the Film *The Magic of the Kite* , Zhang Chunhua played the role of Monkey King

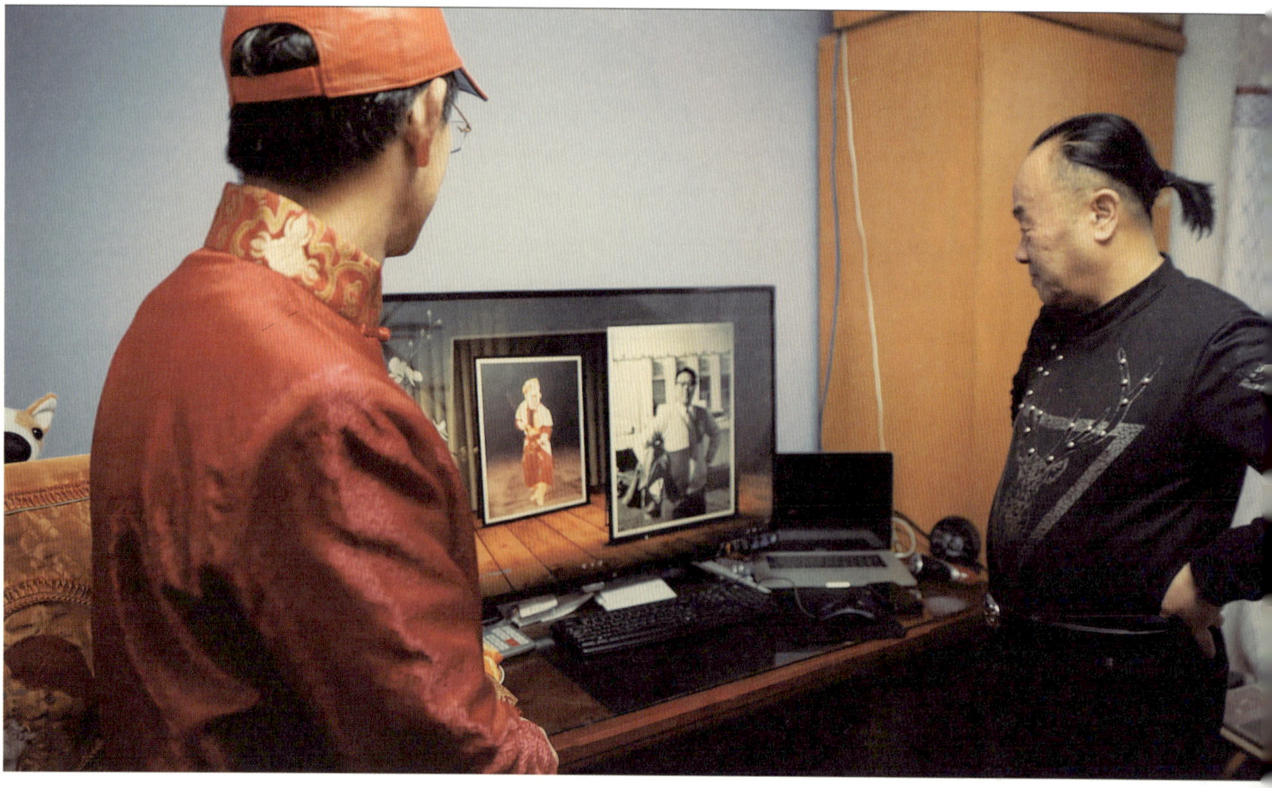

六小龄童 演员　　Liu Xiao Ling Tong, acteur　　Liu Xiao Ling Tong (Actor)

· 一代武丑奇才张春华在电影《风筝》中的孙悟空形象不仅给许多法国人深刻的记忆，一代猴王六小龄童也是非常的喜欢，因此，他还收藏了中国版电影《风筝》海报。

ZHANG Chunhua, génie de comédien des arts martiaux et 《Roi singe》 joué par lui dans le film, a beaucoup impressionné les Français. Liu Xiao Ling Tong lui-même aimait beaucoup cette interprétation et a donc voulu collectionner une affiche du film en version chinoise.

The image of Monkey King in the film *The Magic of the Kite* acted by Zhang Chunhua, a military comedian wizard in his generation, is not only deeply remembered by many French people, but also loved by Monkey King of a new generation Liu Xiao Ling Tong. Therefore, he has a collection of posters of the Chinese version of the film *The Magic of the Kite*.

六小龄童 演员　　Liu Xiao Ling Tong, acteur　　Liu Xiao Ling Tong (Actor)

六小龄童（演员）：你看这个画面当中既保留了电影的一些简介，还有一些当时的一些剧照，中国法国两个孩子的剧照。你看这个是张春华老师的孙悟空形象，这还有孙悟空的一个亮相，一个造型非常棒，会留下一个非常深刻的记忆，我也会永久地珍藏。

ZHANG Jinlai (acteur) : Regardez, sur cette affiche il y a non seulement une brève présentation du film mais aussi des photos de cette époque, avec certaines photos des deux enfants chinois et français. Et ça, c'est l'image du Roi singe interprété par ZHANG Chunhua. Une telle performance du Roi singe présente une figure magnifique que l'on n'oubliera jamais, ce qui me laisse un souvenir très profond, que je vais la garder éternellement.

Liu Xiao Ling Tong (Actor): In this picture, you can see that there are not only some synopsis of the film, but also some stills of children in China and France at that time. You can see that this is the image of the monkey king acted by Mr. Zhang Chunhua. There is also a pose of the monkey king, which is really excellent and leaves a very deep memory that I will cherish forever.

场景 9
Scènes Scenes

刘祥生来到潍坊，请潍坊工艺美术大师王永训复制孙悟空风筝，他介绍了潍坊风筝的历史，并展示孙悟空风筝的制作和放飞过程。

LIU Xiangsheng est venu à Weifang demander à WANG Yongxun, maître des arts et des métiers de Weifang, de reproduire le cerf-volant de Roi singe. M. WANG présente l'histoire du cerf-volant de Weifang et démontre le processus de production et de vol du cerf-volant de Roi singe.

Liu Xiangsheng came to Weifang and asked Wang Yongxun, a master of arts and crafts in Weifang, to copy a Monkey King kite. He introduced the history of kites in Weifang, and showed the course of making and flying the Monkey King kite.

刘祥生在潍坊看风筝

LIU Xiangsheng regarde les cerfs-volants à Weifang

Liu Xiangsheng came to Weifang

2019 年 3 月 7 日　潍坊

Le 7 mars 2019, Weifang

Weifang, March 7, 2019

· 风筝起源于中国潍坊，是距今两千年前春秋末期，战国初期的古代哲学家墨子制造的，他以木头制成木鸟，研制三年而成，最初叫木鸢，后来鲁班用竹子，改进墨子的风筝材质。直至东汉期间，蔡伦改进造纸术后，坊间才开始以纸做风筝，故称为“纸鸢”。晚唐，人们在纸鸢上加竹笛，纸鸢飞上天以后被风一吹，发出“呜呜”的声响，好像筝的弹奏声，于是人们把“纸鸢”改称“风筝”。

Le cerf-volant trouve ses origines à Weifang, en Chine, il y a 2000 ans. Son créateur est Mö-tseu, grand philosophe chinois. Il a mis 3 ans à faire des oiseaux en bois. Le nom d'origine du cerf-volant était « mu yuan » (signification : oiseau en bois). Plus tard, Luban a remplacé du bois par du bamboo pour améliorer le « mu yuan ». Ensuite jusqu'à la fin de la Dynastie des Han orientaux, CAI Lun a amélioré la technologie de la fabrication du papier, on a désormais commencé à manufacturer des cerfs-volents en papier intitulés « zhi yuan » (signification : oiseau en papier). A la fin de la dynastie des Tang, on a attaché des flûtes en bambou sur les « zhi yuan ». Ainsi, lorsque le cerf-volant en papier vole dans le ciel, il émet des sons « wuwu » qui ressemblent aux sons de l'instrument musical Zheng. On a renommé «zhi yuan» «cerf-volant».

The kite is originated from Weifang, China. It was made by Mo-tse, an ancient philosopher in the late Spring and Autumn period and the early Warring States period two thousand years ago. He made birds from wood and spent three years developing them. It was originally called wooden kite. Later, Lu Ban used bamboo to improve Mo-tse's kite material. It was not until the Eastern Han Dynasty, after Cai Lun improved papermaking technology, that people began to make kites out of paper, so it was called paper kite. In the late Tang Dynasty, people added bamboo flute to the paper kite. When the paper kite flew into the sky, it was blown by the wind and made a "Wuwu" sound, like the playing sound of Chinese zither. So people changed the name of "paper kite" to "kite".

刘祥生和潍坊工艺美术大师王永训

LIU Xiangsheng et WANG Yongxun, maître des arts et des métiers de Weifang

Liu Xiangsheng and Wang Yongxun, master of arts and crafts in Weifang

—刘祥生（宋小青的饰演者）：先生您好，我是由北京过来的。

—王永训（潍坊工艺美术大师）：啊，您好您好。

—刘祥生：听说咱们潍坊是有名的风筝城，所以我特意到这里来看一看。

LIU Xiangsheng (SONG Siao Tsing) : Bonjour Monsieur. Je viens de Pékin.
WANG Yongxun (artisan du cerf-volant) : Bonjour.
LIU Xiangsheng (SONG Siao Tsing) : On dit que Weifang est la fameuse capitale du cerf-volant. Donc me voici, venu spécialement pour les voir.

-Liu Xiangsheng (Song Xiaoqing): Hello, sir, I'm from Beijing.
-Wang Yongxun (master of arts and crafts in Weifang):Hi, how do you do?
-Liu Xiangsheng: I heard that Weifang is a famous kite city, so I came to visit here on purpose .

刘祥生和王永训　　LIU Xiangsheng et WANG Yongxun　　Liu Xiangsheng and Wang Yongxun

螃蟹风筝　　Cerf-volant de grand crabe　　Big crab Kite

王永训：各种放飞器材我们这边都有，这边还有一个展厅。

刘祥生：大螃蟹。

王永训：对，这螃蟹呢他是机械的，动态的，能动，它的眼睛也能动。这是板式的硬式的软式的，我们这边都有。

WANG Yongxun (artisan du cerf-volant) : Voici toutes les sortes d'équipements. Là-bas, une salle d'exposition.
LIU Xiangsheng : Grand crabe.
WANG Yongxun (artisan du cerf-volant) : Oui, c'est un grand crabe. Ce cerf-volant est mécanique et dynamique, il bouge même les yeux. Et nous avons de différents types : plat, rigide ou souple. On a tout.

Wang Yongxun : We have all kinds of flying equipment, and there is an exhibition hall here.
LIU Xiangsheng : Big crab.
Wang Yongxun : Yes, this crab is mechanical and dynamic, and it can move. Its eyes can also move. It includes plate type, hard type and soft type. We have them all here.

刘祥生（宋小青的饰演者）：这边呢
刘祥生：我专门来啊是请求您帮我办一件事情，不知道你能不能做到。
王永训：您说，不用客气。

LIU Xiangsheng (SONG Siao Tsing) : Et par ici…
LIU Xiangsheng (SONG Siao Tsing) : Je suis venu ici spécialement pour vous demander un service. Je ne sais pas si vous pourrez me le rendre.
WANG Yongxun (artisan du cerf-volant) : Veuillez donc me le dire, s'il vous plaît.

Liu Xiangsheng (Song Xiaoqing): Here I am.
Liu Xiangsheng (Song Xiaoqing): I came here specially to ask you to do me a favor. I don't know if you make it.
Wang Yongxun: It's my pleasure.

刘祥生和潍坊工艺美术大师王永训
LIU Xiangsheng et WANG Yongxun, maître des arts et des métiers de Weifang
Liu Xiangsheng and Wang Yongxun, master of arts and crafts in Weifang

刘祥生（宋小青的饰演者）：您看我这个有一个画册，我就想做一个这样的风筝。孙悟空的，这个是在 1958 年的时候拍的一个电影，中法合拍的电影，这是我。已经有 60 年了。现在我们又联系上了，准备为了中法的友谊，我们再见面，重续旧情。所以我想做一个这样的风筝，再送给她，一个同样的，不知道您能不能做？

LIU Xiangsheng (SONG Siao Tsing) : Voici un album. Je voudrais faire reproduire un tel cerf-volant, un cerf-volant de Roi singe. Il provient en fait d'un film coproduit en 1958 par la Chine et la France. C'est moi. D'accord, cela fait déjà 60 ans. Maintenant nous avons repris contact au nom de l'amitié sino-française, et nous avons l'intention de continuer cette histoire. C'est pour cela que j'aimerais refaire un tel cerf-volant et lui offrir un cadeau. Je ne sais pas si vous pourriez le reproduire.

Liu Xiangsheng (Song Xiaoqing): You see I have a photo album, and I want to make a kite like this. The kite of monkey king is from a film made by China and France in 1958. This is me. It's been 60 years. Now we get in touch again, and are ready to meet again and renew our old friendship for the sake of Sino-French friendship. So I want to make a kite like this and give it to her. I wonder if you can do it?

王永训（潍坊工艺美术大师）：哦，这个能做，没问题，这个您就交给我了。

WANG Yongxun (artisan du cerf-volant) : D'accord, je pourrais le faire. Ne vous inquiétez pas. Vous pourriez me le confier.

Wang Yongxun (master of arts and crafts in Weifang): Oh, I can do that. No problem. You can leave it to me.

刘祥生和潍坊工艺美术大师王永训

LIU Xiangsheng et WANG Yongxun, maître des arts et des métiers de Weifang

Liu Xiangsheng and Wang Yongxun master of arts and crafts in Weifang

潍坊工艺美术大师王永训制作孙悟空风筝

Cerf-volant de Roi singe reproduit par WANG Yongxun, maître des arts et des métiers de Weifanga

Wang Yongxun, master of arts and crafts in Weifang, is making Monkey King kites

· 他叫王永训，是国家非物质文化遗产项目传承人、潍坊工艺美术大师，他根据刘祥生提供的图片，开始了孙悟空风筝的制作。

Il s'appelle WANG Yongxun, héritier du projet de patrimoine culturel immatériel national et maître des arts et des métiers de Weifang. A partir de l'image fournie par LIU Xiangsheng, il a commencé à refaire cet exceptionnel cerf-volant.

His name is Wang Yongxun. He is the inheritor of the the State-Level Non-Material Cultural Heritage Project and a master of arts and crafts in Weifang. According to the pictures provided by Liu Xiangsheng, he started the making of the Monkey King kite.

刘祥生和潍坊工艺美术大师王永训
LIU Xiangsheng et WANG Yongxun, maître des arts et des métiers de Weifang
Liu Xiangsheng and Wang Yongxun, master of arts and crafts in Weifang

· 经过两天时间的精心制作，王永训成功复制了一只孙悟空风筝。那么，带着孙悟空风筝前往巴黎的刘祥生又将有着怎样的故事呢？

Après deux jours de fabrication très soigneuse, WANG Yongxun a réussi à reproduire le cerf-volant de Roi singe. Alors avec ce cerf-volant, LIU Xiangsheng est allé à Paris, qu'est-ce qui se passerait?

After two days of careful making, Wang Yongxun successfully copied a Monkey King kite. So, what kind of story will Liu Xiangsheng have after he goes to Paris with *the Monkey King kite*?

场景 10

Scènes Scenes

北京外国语大学附属外国语学校的学生在环保布上创作半幅绘画作品《飞吧，熊猫风筝》，另外半幅作品将由法国学生在巴黎完成。

Les élèves de l'école des langues étrangères attachée à l'Université des Langues Etrangères de Pékin créent sur un tissu écologique la moitié du tableau *Vole, cerf-volant de panda*, et l'autre moitié sera réalisée par des élèves français à Paris.

The students of Foreign Languages School Affiliated to Beijing Foreign Studies University drew a half of the picture for the work of *Fly, Panda Kite* on the environmentally friendly cloth, the other half of which would be completed by French students in Paris.

中央广播电视总台 China Media Group China Media Group

北京外国语大学附属外国语学校

Ecole des langues étrangères attachée à l'Université des Langues Etrangères de Pékin

Foreign Languages School Affiliated to Beijing Foreign Studies University

2019 年 3 月 13 日北京外国语大学附属外国语学校

Le 13 mars 2019, l'école des langues étrangères attachée à l'Université des langues étrangères de Pékin

Foreign Languages School affiliated to Beijing Foreign Studies University March 13, 2019.

李寰 北京外国语大学附属外国语学校教师
LI Huan, enseignante à l'école des langues étrangères
Li huan, Teacher of Foreign Language School affiliated to Beijing Foreign Studies University

李寰（北外附校教师）：同学们今天我们来画一幅《飞吧，熊猫风筝》，同学们可以发挥你们的想象力和创造力，画出你心中的大熊猫的样子，这幅作品同时能够传递给法国的小朋友。

LI Huan (professeur de l'école des langues étrangères) : Bonjour à tous les élèves ! Aujourd'hui nous allons dessiner un tableau de *Vole, cerf-volant de panda*. Vous pouvez utiliser toute votre imagination et votre créativité pour dessiner une image de panda dans votre cœur. Ce tableau sera ensuite offert à des enfants français.

Li huan(Teacher): Today, you are requested to draw a picture of *Fly, Panda Kite*. Use your imagination and creativity to draw the image of giant panda in your heart. This picture will be passed on to French children at the same time.

北京外国语大学附属外国语学校学生绘画《飞吧！熊猫风筝》

Vole, cerf-volant de panda dessiné par les élèves de l'école des langues étrangères attachée à l'Université des langues étrangères de Pékin

Students of Foreign Languages School Affiliated to Beijing Foreign Studies University, are drawing Fly!Panda Kite

法国巴黎 Paris, France Paris, France

法国学生绘画《飞吧！熊猫风筝》

Vole, cerf-volant de panda peint par les élèves français

Painting Fly!Panda Kite by French student

场景 11

Scènes Scenes

2019年3月24日，在巴黎举行的“光影流年——中法友好故事会”现场，法国学生完成了另外半幅《飞吧，熊猫风筝》绘画，刘祥生，希尔维娅娜·罗森博格和华卫民，在电影《风筝》公映六十年之后首次在巴黎相聚。

Le 24 mars 2019, lors du spectacle « Lumière au fil du temps – histoire d'amitié sino-française » qui s'est tenu à Paris, les élèves français ont achevé l'autre moitié du tableau *Vole, cerf-volant de panda*. LIU Xiangsheng, Sylviane Rozenberg et HUA Weimin se sont réunis à Paris pour la première fois 60 ans après la première représentation publique du film *Cert-volant du bout du monde* .

On Mar 24, 2019, at the spot of the Souvenir of the passage of time: Sino-French friendship stories held in Paris, France, the French students completed drawing the other half of the picture for the work *Fly, Panda Kite*. Liu Xiangsheng, Sylviane Rozenberg and Hua Weiming first met in Paris 60 years after the film *The Magic of the Kite* was shown in the cinema.

法国学生绘画《飞吧！熊猫风筝》

Vole, cerf-volant de panda peint par les élèves français

Painting Fly!Panda Kite by French student

2019 年 3 月 24 日　法国巴黎

Le 24 mars 2019, Paris

Paris, France, March 24, 2019

法国巴黎举行的“光影流年——中法友好故事会”现场

Spectacle de « Lumière au fil du temps – histoire d'amitié Chine-France » qui s'est tenu lieu à Paris

Souvenir of the on the session "Passage of time: Sino-French friendship stories"

2019 年 3 月 24 日 光影流年—中法友好故事会

Le 24 mars 2019, Paris « Lumière au fil du temps – histoire d'amitié sino-française »

Souvenir of the passage of time: Sino-French friendship stories March 24, 2019.

法国巴黎举行的“光影流年——中法友好故事会”现场

Spectacle de « Lumière au fil du temps – histoire d'amitié Chine – France » qui s'est tenu lieu à Paris

Souvenir of the on the session "Passage of time: Sino-French friendship stories"

· 眼前是 2019 年 3 月 24 日，在法国巴黎举行的光影流年——中法友好故事会时的情景。由于电影《风筝》播映 60 年来，受众越来越多，影响越来越大，电影《风筝》乃至风筝元素逐渐成为中法友谊的象征。但是电影《风筝》在拍摄完成播映 60 年后，影片中饰演尼可尔的希尔维娅娜 · 罗森博格，饰演周佩琴的华卫民与饰演宋小青的刘祥生从来没有见过面。因此，主办方邀请了刘祥生来到法国，和当年电影《风筝》的小伙伴一起参加了在巴黎举行的这次活动。

Le 24 mars 2019 à Paris a eu lieu le spectacle « Lumière au fil du temps-histoire d'amitié sino-française ». 60 ans après sa projection, l'audience du film *Cerf-volant du bout du monde* ne cesse de se développer et son influence de croître. Le film et les éléments du cerf-volant sont devenus peu à peu un symbole de l'amitié sino-française. Après le tournage du film, l'actrice française qui a joué le rôle de Nicole, Sylviane ROZENBERG, est retournée en France. L'actrice chinoise HUA Weiming, qui a joué le rôle de ZHOU Peiqin, est allée s'installer en France à la fin des années 70. LIU Xiangsheng, qui a joué le rôle de SONG Siao Tsing, est resté en Chine. Pour cela LIU Xiangsheng ne les a jamais revus. L'organisateur de cet événement a invité LIU Xiangsheng en France pour rejoindre ses camarades d'enfance et pour participer, ensemble, à ce grand évènement.

This is the scene of the Souvenir of the passage of time: Sino-French friendship stories held in Paris, France, on March 24, 2019. Since the film *The Magic of the Kite* has been broadcasted for 60 years, the number of its audience has been increasing and its influence has been growing. The film *The Magic of the Kite* and even the kite elements have gradually become the symbol of the friendship between China and France. But 60 years after it was filmed and broadcasted, Sylviane Rozenberg playing the role of Nicole, Hua Weimin playing the role of Zhou Peiqin and Liu Xiangsheng playing the role of Song Xiaoqing in the film never met again during that period. Therefore, the organizer invited Liu Xiangsheng to France to join the event in Paris with his little friends in the film.

刘祥生（宋小青的饰演者）：六十年了！太激动了。

LIU Xiangsheng (SONG Siao Tsing) : Ça fait 60 ans !

Liu Xiangsheng (Song Xiaoqing): 60 ans !Sixty years! I'm so excited.

LIU Xiangsheng (SONG Siao Tsing) : Je suis tellement excité.

法国巴黎举行的“光影流年——中法友好故事会”现场

Spectacle de « Lumière au fil du temps – histoire d'amitié Chine – France » qui s'est tenu lieu à Paris

Souvenir of the on the session "Passage of time: Sino-French friendship stories"

刘祥生（宋小青的饰演者）：孙悟空风筝，跟原来一样，是神通广大的孙悟空让尼可尔和比埃罗飞到了北京，这个尼可尔就像小妹妹，非常活泼，华卫民大姐像姐姐，随时都在照顾我们。

LIU Xiangsheng (SONG Siao Tsing) : Le cerf-volant de Roi singe est comme celui du film. C'est grâce à la magie du Roi singe que Nicole et Pierrot sont venus à Pékin. Nicole est comme notre petite sœur, vive et pleine d'entrain. HUA Weimin est comme notre grande sœur qui s'occupe de nous à tout instant.

Liu Xiangsheng (Song Xiaoqing): The kite of monkey king is the same as the previous one. The powerful Monkey King took Nicole and Biero fly to Beijing. Nicole was a little sister, very lively. Hua Weimin was an elder sister. She always looked after us.

法国巴黎举行的"光影流年——中法友好故事会"现场

Spectacle de « Lumière au fil du temps – histoire d'amitié Chine – France » qui s'est tenu lieu à Paris

Souvenir of the on the session "Passage of time: Sino-French friendship stories"

"光影流年——中法友好故事会"现场片段：从今天到角度来看，当年影片《风筝》的意义完全超出了电影艺术的本身，它其实是中法两国相互释放友好信息的一只特殊的风筝。

Extrait du spectacle « Lumière au fil du temps - histoire d'amitié sino-française » : D'un point de vue actuel, la signification du film *Cerf-volant du bout du monde* va bien au-delà de l'art cinématographique. C'est un cerf-volant spécifique avec lequel la Chine et la France ont échangé des messages d'amitié.

Clips of the event "Souvenir of the passage of time: Sino-French friendship stories": From today's point of view, the significance of the film *The Magic of the Kite* in those days completely goes beyond the film art itself. In fact, it is a special kite for China and France to release friendly messages to each other.

法国巴黎香榭丽舍大街上飘扬着中法两国国旗

Les drapeaux nationaux de la Chine et de la France qui flottaient haut sur les Champs-Élysées à Paris

National flags of China and France flying high on the Champs-Elysees in Paris

2019 年 3 月 25 日　巴黎

Le 25 mars 2019, Paris

Paris, March 25，2019

· 2019 年 3 月 25 日，这一天中国国家主席习近平出访法国，在法国巴黎香榭丽舍大街上，中法两国的国旗高高飘扬。1964 年也就是 55 年前，毛泽东主席和戴高乐总统以超凡的战略眼光毅然作出中法两国全面建交的历史性决策，在中法之间，同时也在中国同西方世界之间，打开了相互认知和交往的大门。

Le 25 mars 2019, le président chinois XI Jinping a effectué une visite officielle en France. Sur les Champs-Élysées à Paris les drapeaux nationaux de la Chine et de la France flottaient haut. En 1964, soit il y a 55 ans, le président chinois MAO Zedong et le général De Gaulle, avec une vision stratégique extraordinaire, ont pris la décision historique d'établir des relations diplomatiques entre les deux pays. Entre la Chine et la France, mais également entre la Chine et le monde occidental, une immense porte de communication et d'échanges s'est ouverte.

On March 25, 2019, Chinese President Xi Jinping visited France, and the national flags of China and France fly high on the Champs-Elysees in Paris, France. In 1964, that is 55 years ago, Chairman Mao Zedong and President Charles de Gaulle resolutely made the historic decision of establishing diplomatic relations between China and France in an all-round way with extraordinary strategic vision. They opened the door of mutual understanding and exchanges between China and France, as well as between China and the western world.

阿兰·蓬皮杜 法国前总统乔治·蓬皮杜的儿子
Alain Pompidou, fils de l'ancien président Georges Pompidou
Alain Pompidou (son of President Georges Pompidou)

阿兰·蓬皮杜（乔治·蓬皮杜总统的儿子）：沿着戴高乐总统开辟的道路，乔治·蓬皮杜总统于1973年9月到访中国，他是第一位正式访问中国的西方首脑，乔治·蓬皮杜总统在周恩来总理的陪同下受到了毛主席的接见。两国领导人一致认为：世界的平衡，需要双方尊重对方的独立自主。

Alain Pompidou (fils du président du Georges Pompidou) :
Sur le chemin tracé par le général De Gaulle, le président Georges Pompidou se rend en Chine en septembre 1973. Il est le premier chef d'Etat occidental acceuilli officiellement dans ce pays en pleine mutation. Georges Pompidou est reçu par le président Mao. En présence de ZHOU Enlaï, les deux chefs d'Etat évoquent l'équilibre du monde et la necessité de respecter l'indépendance des deux pays.

Alain Pompidou (son of President Georges Pompidou): Along the road opened by President Charles de Gaulle, President Georges Pompidou visited China in September 1973. He was the first Western head of state to pay an official visit to China. Accompanied by Premier Zhou Enlai, President Georges Pompidou was received by Chairman Mao. The leaders of the two countries agreed that the balance of the world requires both sides to respect mutual independence.

·他叫阿兰·蓬皮杜，是法国前总统乔治·蓬皮杜的儿子，1973 年蓬皮杜总统访问中国是法国乃至西方国家的一次重要的外交事件，时任法国电视台首席记者的让·斯托克至今都记得蓬皮杜总统访问中国不久，就中法合拍电影《风筝》推动外交所说的一段话。

Il s'appelle Alain Pompidou, c'est fils de l'ancien chef d'État français Georges Pompidou. En 1973, la visite officielle en Chine du président Pompidou fut un évènement diplomatique important pour la France et pour tous les pays occidentaux. Journaliste en chef à France Télévisions à l'époque, Jean Stock s'en souvient encore aujourd'hui. Peu après sa visite en Chine, le président Pompidou rappela dans un discours, la contribution du film *Cerf-volant du bout du monde* (coproduit par la Chine et la France) au développement diplomatique.

His name is Alain Pompidou. He is the son of former French President Georges Pompidou. In 1973, President Pompidou's visit to China was an important diplomatic event for France and even the western countries. Jean Stoker, who was the chief reporter of French television at that time, still remembers what President Pompidou said about the promotion of diplomacy in the Sino-French co-production of the film *The Magic of the Kite* shortly after his visit to China.

法国前总统乔治·蓬皮杜出访中国

La visite en Chine par l'ancien président Georges Pompidou

Former President of France Georges Pompidou visited China

让·斯托克曾任欧广联秘书长和法国 TV5 电视台台长

Jean Stock, l'ancien secretaire de Eurovision et président de TV5

Jean Stoker,former Director of French TV5 and Secretary General of the European Broadcasting Union

让·斯托克（LUXE TV 台长）：1973 年 9 月，蓬皮杜总统从中国回来的时候，对皮埃尔·梅斯梅尔总理说，梅斯梅尔对我说，蓬皮杜总统曾说过，艺术和电影实际上推动了外交，我们的电影《风筝》已经 15 年了，电影《风筝》在中法两国之间建立起深刻的人文交流。

Jean Stock (directeur de France Télévisions) : En septembre 1973, de retour de Chine, le président Pompidou s'est confié à son Premier Ministre Pierre Messmer. Celui-ci m'a raconté que le président Pompidou lui avait dit qu'en fait l'art et le cinéma avaient devancé la diplomatie ! En effet, le film *Cerf-volant du bout du monde* d'ici il y a 15 ans avait établi des liens profonds, humains, entre les Chinois et les Français.

Jean Stoker (LUXE TV Director): In September 1973, when President Pompidou returned from China, he had a communication with the Prime Minister Pierre Messmer. Messmer told me that President Pompidou had said that art and film actually promoted diplomacy. It has been 15 years since our film *The Magic of the Kite* was made. The film has established profound people-to-people exchanges between China and France.

让·斯托克　　Jean Stock　　Jean Stoker

· 让 · 斯托克后来担任过法国电视台台长和欧洲广播联盟秘书长，从 20 世纪 70 年代初他就喜欢上了中国，已经年过 70 的让 · 斯托克，每年都要来中国采访拍摄。

Jean Stock a été nommé par la suite directeur de France Télévisions et secrétaire général d'Eurovision. A partir du début des années 70, il se passionna pour la Chine. Ayant plus de soixante-dix ans maintenant, Jean Stock se rend tous les ans en Chine pour faire des interviews.

Jean Stoker later served as the director of French Television Station and the Secretary General of the European Broadcasting Union. He fell in love with China since the early 1970s. Jean Stoke, who is over 70 years old, comes to China every year to interview and shoot.

让·斯托克（LUXE TV 台长）：我每年两次来中国，每一次都能发现新的事物，每一次人们都热情接待我，你能感受到他们的创造力。

Jean Stock (directeur de France Télévisions) : J'ai l'occassion de venir deux fois par an en Chine, et à chaque fois, je découvre de nouvelles choses. Les gens nous accueillent toujours très chaleureusement et nous prouvent leur grande créativité.

Jean Stoker (LUXE TV Director): I come to China twice a year. Every time I find something new, and every time people warmly welcome me. You can feel their creativity.

让·斯托克　　Jean Stock　　Jean Stoker

让·斯托克（LUXE TV 台长）：这是上海艺术博览会，这已经是第二十二届了，中国人越来越开放，也希望与世界的艺术进行比较，比如这里我们遇到一位法国画家，你是法国人吗？

Jean Stock (directeur de France Télévisions) : C'est Shanghai Art Fair. C'est la 22ème édition et les Chinois s'ouvrent au monde, vraiment, veulent comparer la façon dont les artistes s'expriment. Exemple ici, nous avons un artiste français. Vous êtes français d'origine ?

Jean Stoker (LUXE TV Director): This is the 22nd Shanghai Art Fair. Chinese people are becoming more and more open and want to compare with the world's art. For example, we meet a French painter here. Are you French?

波恩 法国画家　　Bonn, peintre français　　Bonn, French painter

波恩（法国画家）：是的，我是法国人。

Bonn (Peintre français) : Oui, d'origine français.

Bonn (French painter): Yes, I am French.

让·斯托克（LUXE TV 台长）：上海艺术博会已经举办了 22 届，你是经常来参展，还是第一次来？

Jean Stock (directeur de France Télévisions) : Bonjour Madame. Justement, c'est la 22ème édition. Vous êtes venu souvent ou bien c'est presque une première fois ?

Jean Stoker (LUXE TV Director): Shanghai Art Fair has been held 22 times. Do you come here often or it's your first time?

波恩（法国画家）：不不，我已经连续 18 年来了 18 次了。

Bonn (Peintre français) : Non, pas du tout, moi, ça fait 18 ans, 18 fois.

Bonn (French painter): No, I've been here 18 times in 18 years consecutively.

让·斯托克（LUXE TV 台长）：你觉得中国 18 年来的变化怎么样？

Jean Stock (directeur de France Télévisions) : Qu'est-ce qui a changé en 18 ans en Chine ?

Jean Stoker (LUXE TV Director): What do you think of the changes in China in the past 18 years?

波恩（法国画家）：中国的发展是这样的，不是那样的一步步的。中国人，你给他这些，他能回报你这些。确实是一个巨大的发展。

Bonn (Peintre français) : Une évolution, mais comme ça, pas étage par étage. Mais les Chinois on leur donne ça, ils vont faire ça. Donc c'est vraiment comme je l'ai dit tout à l'heure, avec une grande vitesse d'évolution.

Bonn (French painter): China's development is like this, not that step by step. Chinese people can repay you what you have given to them. It is a huge development indeed.

场景 12

Scènes Scenes

刘祥生前往周恩来总理留法期间居住的旅馆参观。

LIU Xiangsheng visite l’hôtel où le premier ministre ZHOU Enlaï habitait pendant son séjour en France.

Liu Xiangsheng went to visit the hotel where Premier Zhou Enlai had lived during his stay in France.

2019 年 03 月 25 日 巴黎

Le 25 mars 2019, Paris

Paris, March 25, 2019

2019 年 3 月 25 日，也就是在巴黎举行的光影流年——中法友好故事会举行后的第二天清晨，电影《风筝》中，宋小青的饰演者刘祥生，来到法国巴黎十三区意大利广场旁边，一条名为戈德弗鲁瓦的幽静街道上，在临街墙上可以见到一面青铜纪念牌镶嵌于墙上。这块纪念牌是 1979 年法国政府所立，纪念牌上，周恩来头部浮雕下有法文说明：周恩来，1922 年—1924 年留法期间，在此居住。

刘祥生在巴黎戈德弗鲁瓦街道观看周恩来青铜纪念牌

LIU Xiangsheng en pèlerinage de la plaque commémorative en bronze de ZHOU Enlaï dans la rue Godefroy à Paris

Liu Xiangsheng, looking at the bronze plaque of Zhou Enlai on the Godfroy street in Paris

Le 25 mars 2019, au lendemain matin du spectacle « Lumière au fil du temps – histoire d'amitié sino-française », LIU Xiangsheng, qui a incarné SONG Siao Tsing dans le film, est venu dans la rue Godefroy près de la place d'Italie dans le 13ème arrondissement de Paris. Sur un mur on peut voir une plaque commémorative en bronze mise en place par le gouvernement français en 1979, sur laquelle on peut lire « ZHOU Enlaï, lors de son séjour en France de 1922 à 1924 habita cet immeuble ».

On March 25, 2019, in the early morning of the day after the event Souvenir of the Passage of Time: Sino-French Friendship Stories, Liu Xiangsheng, who played Song Xiaoqing in the film *The Magic of the Kite*, came to a quiet street named Godfrey beside the Italian square in the 13th District of Paris, France. On the street wall, you can see a bronze commemorative plaque inlaid on the wall. The plaque was erected by French government in 1979. On the plaque, under the relief of Zhou Enlai's head, there is an explanation in French: Zhou Enlai lived here during his stay in France from 1922 to 1924.

这个不起眼的海王星旅馆就是青年周恩来旅法生活并开展革命工作的旧址，当时叫做戈德弗鲁瓦旅馆。

Cet hôtel modeste, le « Neptune », est l'ancien lieu de résidence du jeune ZHOU Enlaï quand il vécu et travailla en France. L'hôtel s'appelait à l'époque « Hôtel de Godefroy ».

This unimpressive Hotel Neptune was the former site of young Zhou Enlai's life and revolutionary work in France. It was called Godfrey Hotel at that time.

刘祥生：您好，这是中国总理周恩来早年生活过的地方么？
旅馆老板：是的。

Patron de l'hôtel : Bonjour.
LIU Xiangsheng (SONG Siao Tsing) : Bonjour ! Est-ce bien ici l'endroit où l'ancien premier ministre chinois ZHOU Enlaï a habité ?
Patron de l'hôtel : Effectivement.

Liu Xiangsheng : Hello, is this the place where Premier Zhou Enlai lived in his early years?
The Hostess : Yes

刘祥生参观周恩来留法居住酒店

LIU Xiangsheng visite l'hôtel où vécu le jeune ZHOU Enlaï en France

Liu Xiangsheng visited the hotel where Zhou Enlai lived in France

刘祥生：我特意来瞻仰，您能给我介绍一下吗？
旅馆老板：可以啊。
刘祥生：谢谢。

LIU Xiangsheng (SONG Siao Tsing) : Je viens expressément ici en pèlerinage. Pourriez-vous me présenter ce lieu ?
Patron de l'hôtel : Bien sûr que oui.
LIU Xiangsheng : Merci beaucoup.

Liu Xiangsheng : I'm here to pay a special visit. Can you tell me something about it?
The Hostess: Sure
Liu Xiangsheng : Thanks.

青年周恩来在酒店前的留影

Photo de jeune ZHOU Enlaï devant l'hôtel

Premier Zhou Enlai took a photo at the hotel

旅馆老板：当年总理留学的时候在这照过相，穿着一身黑色的西装。

刘祥生（宋小青的饰演者）：在这？

Patron de l'hôtel : Lors de son séjour à Paris, ZHOU Enlaï a pris une photo ici-même, vêtu d'un costume noir.

LIU Xiangsheng (SONG Siao Tsing) : Ici ?

The Hostess: When the Premier was studying abroad, he took a picture here by wearing a black suit.

Liu Xiangsheng : Here?

旅馆老板：对，特别帅气。

刘祥生：是么？

旅馆老板：嗯，好多老前辈都来过这，邓小平啊，李富春啊，当年他们有一个。

刘祥生：都是早期革命活动。

旅馆老板：有一个那叫什么旅欧支部？

刘祥生：对，旅欧支部。

旅馆老板：哦哦，都在这呆着，就住在当年这个一号房间。

Patron de l'hôtel : Oui. Comme il était beau !
LIU Xiangsheng (SONG Siao Tsing) : C'est vrai !
Patron de l'hôtel : Mais oui. Nombreux sont les premiers communistes chinois qui sont venus ici tels que DENG Xiaoping, LI Fuchun, et quelques autres.
LIU Xiangsheng (SONG Siao Tsing) : Ils sont tous les premiers révolutionnaires chinois.
Patron de l'hôtel : Il y avait alors une organisation, une branche européenne.
LIU Xiangsheng (SONG Siao Tsing) : Tout à fait. La cellule communiste chinoise en Europe.
Patron de l'hôtel : Oui oui. Ils étaient tous là et habitaient la chambre n°1 à l'époque.

The hostess: Yes. Very handsome.
Liu Xiangsheng : Ok.
The Hostess: Many predecessors have been here, such as Deng Xiaoping, Li Fuchun, etc.
Liu Xiangsheng : They were all for early revolutionary activities
The Hostess: They had a European branch.
Liu Xiangsheng : Yes, you are right.
The hostess: They all stayed here and lived in the room No.1 at that time.

刘祥生：哦。
旅馆老板：来的人特别多，好多人都来看过。
刘祥生：今天我也是，来看看总理早年间生活过的地方。
旅馆老板：对，就在这照的相。
刘祥生：就这照的是吧？
旅馆老板：您也在这照一个呗？
刘祥生：我照一个啊？好！
旅馆老板：你站在这。
刘祥生：嗯。

青年周恩来旅法居住酒店的服务人员给刘祥生在周恩来曾经拍照的地方留影

Le personnel hôtelier prend une photo de LIU Xiangsheng à l'endroit où ZHOU Enlaï prit la sienne

The staff of the hotel where young Zhou Enlai stayed in France took a photo of Liu Xiangsheng at the place where Zhou Enlai had taken his photo

LIU Xiangsheng (SONG Siao Tsing) : D'accord.
Patron de l'hôtel : Ils sont nombreux à être venus ici. On a beaucoup de visiteurs.
LIU Xiangsheng (SONG Siao Tsing) : C'est pareil pour moi aujourd'hui. Je viens ici voir le lieu où notre ancien Premier Ministre habitait dans sa jeunesse.
Patron de l'hôtel : Il a pris la photo juste ici.
LIU Xiangsheng (SONG Siao Tsing) : C'est bien par ici ?
Patron de l'hôtel : Vous voulez prendre aussi une photo ?
LIU Xiangsheng (SONG Siao Tsing) : Moi, une photo ? Et bien avec plaisir.
Patron de l'hôtel : Mettez-vous ici, s'il vous plaît.
LIU Xiangsheng (SONG Siao Tsing) : D'accord.

Liu Xiangsheng : Ok.
The Hostess: So many people come here, and many people have paid a visit.
Liu Xiangsheng : So do I today. I want to take a look at the place where the Premier Zhou lived in his early years.
The Hostess: Yeah, he had his picture taken right here.
Liu Xiangsheng : Is it here?
The hostess: Would you like to take a picture here, too?
Liu Xiangsheng : Shall I take a picture? Okay!
The hostess: You stand here.
Liu Xiangsheng : Ok.

场景 13

Scènes Scenes

刘祥生到希尔维娅娜·罗森博格的家中拜访，亲切交流。

LIU Xiangsheng rend une visite chez Sylviane Rozenberg pour avoir une conversation cordiale.

Liu Xiangsheng went to visit Sylviane Rozenberg and had a pleasant talk with her.

希尔维娅娜·罗森博格的住所　　Résidence de Sylviane Rozenberg　　Residence of Sylviane Rozenberg

· 2019 年 3 月 25 日，电影《风筝》中宋小青的饰演者刘祥生，参观了周恩来在法国居住的旅馆后，就前往电影《风筝》中，尼可尔的饰演者希尔维娅娜·罗森博格的家里进行拜访。60 年前，中国总理周恩来曾接见过不到 6 岁的希尔维娅娜，那么，60 年后，两位年逾古稀的老人，又将如何延续电影《风筝》给他们接下的友谊呢？

希尔维娅娜·罗森博格的住所　Résidence de Sylviane Rozenberg　Residence of Sylviane Rozenberg

Le 25 mars 2019, Paris. Le même jour, LIU Xiangsheng s'est rendu chez Sylviane Rozenberg (qui joua Nicole dans le film). Il y a 60 ans, l'ancien Premier Ministre ZHOU Enlaï avait reçu la petite Sylviane qui avait à peine 6 ans. Aujourd'hui, 60 ans après, pour ces deux camarades d'expérience cinématographique historique ayant dépassé les 70 ans, comment leur amitié nouée lors du tournage du film *Cerf-volant du bout du monde* va-t-elle continuer?

On March 25, 2019, Liu Xiangsheng, who played Song Xiaoqing in the film *The Magic of the Kite*, visited the hotel where Zhou Enlai lived in France, and then went to visit Sylviane Rozenberg, who played Nicole in the film. 60 years ago, Chinese Premier Zhou Enlai met Sylviane, who was less than six years old at that time. Then, 60 years later, how will the two people over seventy years old continue the friendship that the film *The Magic of the Kite* gave them?

希尔维娅娜・罗森博格和丈夫

Sylviane Rozenberg et son mari

Sylviane Rozenberg and her husband

刘蕊　刘祥生的女儿

LIU Rui, fille de LIU Xiangsheng

Liu Ru, daugher of Liu Xiangsheng

刘祥生：这是我的女儿。

刘祥生：没想到 60 年啊我们又能见面了。

LIU Xiangsheng (SONG Siao Tsing) : Bonjour. Voici ma fille.

LIU Xiangsheng (SONG Siao Tsing) : Je ne m'attendais pas à vous revoir après 60 ans.

Liu Xiangsheng : This is my daughter.

Liu Xiangsheng : I didn't expect to see you again after 60 years.

刘祥生（宋小青的饰演者）：那么，这个是我个人送您的礼物。

希尔维娅娜·罗森博格（尼可尔的饰演者）：太好了，我看到过这样的中国工艺品，太棒了！

LIU Xiangsheng (SONG Siao Tsing) : Alors, c'est un cadeau que j'ai préparé personnellement pour vous.

Sylviane Rozenberg (Nicole) : Oh là là, comme c'est beau!.J'ai tellement vu ce genre de produits de l'artisanat chinois . C'est magnifique !

Liu Xiangsheng (Song Xiaoqing): This is a personal gift for you.

Sylviane Rozenberg (Nicole): That's great. I've seen such Chinese handicrafts. It's fantastic.

刘祥生赠送给希尔维娅娜·罗森博格的风筝工艺品

Article d'artisanat de cerf-volant donné par LIU Xiangsheng à Sylviane Rozenberg

Liu Xiangsheng presented a kite craft to Silviana Rosenberg

罗森博格先生（希尔维娅娜的丈夫）：太美了。

希尔维娅娜·罗森博格（尼可尔的饰演者）：这太精美了。

Mari de Nicole : Très beau.
Sylviane Rozenberg (Nicole): Oh là là. C'est raffiné.

Mr.Rozenberg (Husband of Sylviane Rozenberg): So beautiful.
Sylviane Rozenberg (Nicole): It's wonderful.

刘祥生（宋小青的饰演者）：周恩来。

希尔维娅娜·罗森博格（尼可尔的饰演者）：这是罗吉·比果。

刘祥生：很帅啊。

希尔维娅娜·罗森博格：这张照片太珍贵了。那位就是罗吉·比果。

LIU Xiangsheng (SONG Siao Tsing) : ZHOU Enlaï.
Sylviane Rozenberg (Nicole): Roger Pigaut.
LIU Xiangsheng (SONG Siao Tsing) : Très beau.
Sylviane Rozenberg (Nicole) : Ah, oui, c'est là, c'est magnifique, et là, c'est Roger Pigaut.

Liu Xiangsheng (Song Xiaoqing):This is Zhou Enlai.
Sylviane Rozenberg (Nicole): This is Roger Pigaut.
Liu Xiangsheng : Very cool.
Sylviane Rozenberg : This photograph is too precious. That's Roger Pisaut.

刘祥生赠送周恩来总理会见希尔维娅娜·罗森博格小时候的翻拍照片

LIU Xiangsheng donne une photo reproduite à Sylviane Rozenberg sur laquelle ZHOU Enlaï la rencontra quand elle était petite

Liu Xiangsheng presented a photo to Silviana Rosenberg. It was taken during Premier Zhou Enlai meeting with her while she was a child

刘祥生：周恩来是世界上特别有影响的领导人，您的妻子能和周总理一起照相，很荣耀的。

LIU Xiangsheng (SONG Siao Tsing) : ZHOU Enlaï a été un chef d'État bien influent dans le monde. Votre épouse a fait cette photo avec lui. Quel honneur.

Liu Xiangsheng : Zhou Enlai was a particularly influential leader in the world. It's an honor for your wife to take a picture with Premier Zhou.

希尔维娅娜·罗森博格：这是法语版的电影《风筝：在世界的尽头》。

Sylviane Rozenberg (Nicole) : Voilà la version française du *Cerf-volant du bout du monde*. Un petit extrait.

Sylviane Rozenberg : This is the French version of the movie *The Kite*-at the end of the World.

刘祥生：看看，
这只猫马上就会有一块牛肉吃了。

LIU Xiangsheng (SONG Siao Tsing) : Voyons voir...Ce chat va bientôt avoir un morceau de bœuf à manger.

-Liu Xiangsheng (Song Xiaoqing): Let's watch it.
The cat will soon take a piece of beef.

刘祥生在希尔维娅娜·罗森博格家中一起看电影《风筝》的法文版《风筝——来自遥远的东方》

LIU Xiangsheng voit chez Sylviane Rozenberg le film de version française du *Cerf-volant du bout du monde*

Liu Xiangsheng and Sylviane Rozenberg watched the French version of the film at Sylviane's house

电影《风筝》片段　Extrait du film *Cerf-volant du bout du monde*　Clips of the Film *The Magic of the Kite*

—别碰它！
—干你的吧，比埃罗！
—哦，我懂了。
—你才明白。
—别把你的毛衣弄脏了比埃罗。

-Ne touche pas! Vas-y Pierrot.
-Ah j'ai compris.
-Jusqu'à maintenant .
-Ne salis pas ton pull, Pierrot .

-Don't touch it.
-Just do your work, Piero.
-Oh, I see.
-That's how you get it.
-Don't get your sweater dirty, Piero.

希尔维娅娜·罗森博格和丈夫　Sylviane Rozenberg et son mari　Sylviane Rozenberg and her husband

场景 14

Scènes Scenes

刘祥生和希尔维娅娜·罗森博格一起到电影《风筝》的巴黎拍摄地故地重游，并放飞“孙悟空”风筝。刘祥生到和华卫民在巴黎的公园相聚，一起放飞孙悟空风筝。

LIU Xiangsheng et Sylviane Rozenberg revisitent ensemble les lieux du tournage du film *Cerf-volant du bout du monde* à Paris, et font voler le cerf-volant de Roi singe. LIU Xiangsheng rencontre HUA Weimin dans un parc à Paris et fait voler le cerf-volant de Roi singe ensemble.

Liu Xiangsheng and Sylviane Rozenberg went to visit the places in Paris where the film *The Magic of the Kite* had been made, and flied the Monkey King kite there. Liu Xiangsheng and Hua Weimin met in a park of Paris and flied the Monkey King kite together.

巴黎蒙马特高地 Montmartre à Paris Montmartre, Paris

一只风筝
两种情感
跨越四海来相会
一个故事
两种文化
穿越历史到今天

一只风筝
两种情感
跨越四海来相会
一个故事
两种文化
穿越历史到今天

巴黎蒙马特高地　Montmartre à Paris　Montmartre, Paris

Un cerf-volant,
deux sentiments,
ont convergé des quatre mers.
Une légende,
deux cultures,
émergent aujourd'hui de l'histoire.
Vole! Vole! Cerf-volant,
Relie l'amitié et la culture.

The Magic of The Kite,
connects two kinds of emotions,
coming to meet after crossing oceans.
A tale of two cultures,
passing through history to the present.
The Magic of The Kite,
connects two kinds of emotions,
coming to meet after crossing oceans.
A tale of two cultures
passing through history to the present.

巴黎蒙马特高地　　Montmartre à Paris　　Montmartre, Paris

2019 年 03 月 25 日　巴黎蒙马特高地

Le 25 mars 2019, Montmartre

Montmartre, Paris　March 25, 2019

刘祥生和希尔维娅娜·罗森博格在巴黎蒙马特高地放飞孙悟空风筝

LIU Xiangsheng et Sylviane Rozenberg font voler le cerf-volant de Roi singe à Montmartre à Paris

Liu Xiangsheng and Sylviane Rozenberg, flying the Monkey King Kite at Montmartre, Paris

希尔维娅娜·罗森博格（尼可尔的饰演者）：很多很多的感情，太多的回忆一下子涌上来，六十二年了，能够重新找到当年的小伙伴真是太棒了！

Sylviane Rozenberg (Nicole) : Beaucoup beaucoup d'émotion. Ça m'a fait sortir beaucoup de souvenirs que j'avais enfouis en moi depuis 62 ans. Et retrouver l'acteur qui a joué ce film avec moi, c'est fabuleux quoi !

Sylviane Rozenberg (Nicole dans le film): Two much sentiment, a lot of memories came to my mind, it is so fantastic to reunite with a childhood friend after 62 years!

刘祥生（宋小青的饰演者）：当年是孙悟空带着他们飞到了北京，今天是我带着孙悟空风筝来到了巴黎，寻找友谊。心情非常激动，又好像回忆到了当年的情景。

LIU Xiangsheng (SONG Siao Tsing) : Cette année-là le Roi singe les a emmenés à Pékin. Alors qu'aujourd'hui c'est moi qui apporte le cerf-volant de Roi singe pour arriver à Paris chercher de l'amitié. Je suis tellement excité, comme si je revivais la scène du passé.

Liu Xiangsheng (Song Xiaoqing): At that time, it was the Monkey King who took them to Beijing with magic power, today I myself brought a Monkey King kite to Paris for friendship. I am so excited as if time had gone back to that year.

法国巴黎　　Paris, France　　Paris, France

· 电影《风筝》中宋小青的饰演者刘祥生，在影片播映60年后，在尼可尔的饰演者希尔维娅娜·罗森博格陪同下，到当年电影《风筝》中巴黎的拍摄地进行了参观。那么，尼可尔的饰演者希尔维娅娜·罗森博格将何时到北京去故地重游，这又将发生怎样的故事呢？

60 ans après la projection du film, LIU Xiangsheng, acteur de SONG Siao Tsing, accompagné par Sylviane Rozenberg, actrice de Nicole, est revenu sur les lieux du tournage du film à Paris, et pour la prochaine visite de Sylviane Rozenberg à Pékin, comment ça se passera ?

60 years after the film *The Magic of the Kite* was shown in the cinemas, Liu Xiangsheng, who played Song Xiaoqing in the film, visited the places in Paris where the film had been made, accompanied by Sylviane Rozenberg who played Nicole in the film, then when will Sylviane Rozenberg (Nicole) go to Beijing for a return visit? And what will take place during her visit?

一只风筝
两种情感
跨越四海来相会
一个故事
两种文化
穿越历史到今天

———

Un cerf-volant,
deux sentiments,
ont convergé des quatre mers.
Une légende,
deux cultures,
émergent aujourd'hui de l'histoire.

———

A tale of two sentiments,
Passing through history to the present,
The Magic of The Kite connects two kinds of emotions,
which have come to meet after crossing oceans.
A tale, of two cultures,
passing through history to the present.

场景 15

Scènes Scenes

当年电影《风筝》中的两位中方小演员，在电影《风筝》播放 60 年后，在巴黎相聚。

Les deux petits acteurs chinois se sont réunis à Paris après 60 ans de la projection du film *Cerf Volant*.

The Chinese actor and actress in the film, *The Magic of the Kite* met each other in Paris 60 years after the film was shown.

法国巴黎 Paris, France Paris, France

2019 年 3 月 27 日 巴黎

Le 27 mars 2019, Paris

Paris March 27, 2019

刘祥生和华卫民在巴黎公园

LIU Xiangsheng et HUA Weimin dans un parc à Paris

Liu Xiangsheng and Hua Weimin park

刘祥生（宋小青的饰演者）：华卫民！

华卫民（周佩琴的饰演者）：哎，你们好！

刘祥生：你好，拜访你非常高兴。

华卫民：真是，你说真是不简单，一直到这。

LIU Xiangsheng (SONG Siao Tsing) : HUA Weimin.
HUA Weimin (ZHOU Peiqin) : Bonjour.
LIU Xiangsheng (SONG Siao Tsing) : Bonjour. Ravi de vous rendre visite.
HUA Weimin (ZHOU Peiqin) : C'est vrai. Ce n'est pas facile du tout. Vous êtes venus de si loin.

Liu Xiangsheng (Song Xiaoqing): Hey, Hua Weimin
Hua Weimin (Zhou Peiqing) : Hey, how do you do!
Liu Xiangsheng : How do you do! So glad to see you again.
Hua Weimin: It's so amazing, how could you come here!

华卫民（周佩琴的饰演者）：那边那个公园挺好的，我们去那坐一下。

刘祥生（宋小青的饰演者）：您身体还可以？

华卫民：还凑合。

刘祥生：好。哎呀，一晃60年，太快了。您做的工作好啊，在巴黎大学里教汉语。

华卫民：教汉语，对。

刘祥生：直接为中法友好做出了贡献。

HUA Weimin (ZHOU Peiqin) : Là-bas, il y a un beau parc.
HUA Weimin (ZHOU Peiqin) : Si l'on s'y asseyait un petit moment ?
LIU Xiangsheng (SONG Siao Tsing) : Vous êtes en bonne santé ?
HUA Weimin (ZHOU Peiqin) : Ça va, pas mal.
LIU Xiangsheng (SONG Siao Tsing) : D'accord. Ça fait déjà 60 ans. Le temps se passe trop vite. Vous enseignez la langue chinoise à l'Université de Paris, c'est très bien, votre travail.
HUA Weimin (ZHOU Peiqin) : Enseigner le chinois, oui.
LIU Xiangsheng (SONG Siao Tsing) : Vous contribuez directement à l'amitié sino-française.

Hua Weimin (Zhou Peiqin) : There's a nice park just over there. Let's take a seat over there.
Liu Xiangsheng (Song Xiaoqing): How are you these years?
Hua Weimin: Not so bad.
Liu Xiangsheng : That's good. How time flies! 60 years passed in a flash! You teach Chinese in the University of Paris, that's really a nice job.
Hua Weimin: That's right.
Liu Xiangsheng : You contribute directly to the Sino-French friendship.

· 当年电影《风筝》中的两位中方小演员，在电影《风筝》播放 60 年后，在巴黎，续友谊，感叹时光流逝时，一位法国女孩由于参加了在巴黎举行的光影流年 -- 中法友好故事会，认出了当年电影《风筝》中的饰演者刘祥生和华卫民，于是给他们演唱了一首歌曲，感谢他们用电影开创了中法人民的交往和友谊。

Alors que les deux petits acteurs chinois poursuivent, 60 ans plus tard, leur amitié à Paris et réalisent la vitesse du temps qui passe, une fille française les reconnait ! Et elle leur chante une chanson pour leur remercier d'avoir créé des échanges et des liens d'amitié éternels entre les deux peuples chinois et français avec ce film.

60 years after the film was shown, when two child actors of the film *The Magic of the Kite* are getting together in Paris, exchanging sentiments of friendship and regretting the passage of time, a French girl, who participated in the cultural event "Souvenir of the Passage of Time: Sino-French Friendship Stories", recognized Liu Xiangsheng and Hua Wenmin and sang a song for them, to appreciate their efforts in starting the exchanges and friendship of the two peoples of China and France.

华为民、法国歌手艾尔莎·科波菲，刘祥生

HUA Weimin, chanteuse française Elsa Kopf et LIU Xiangsheng

Hua Weimin, French singer Elsa Kopf and Liu Xiangsheng

艾尔莎·科波菲弹唱，歌词大意：告别羞涩的春天，我爱五月的初夏，我想长出翅膀，与蝴蝶在花间飞舞。

Elsa Copperfi pince en chantant:Ce mai là faisait la moue / Pigalle boudait dans la boue / Et moi sur mon petit nuage, j’étais en stage / Nous, c’est un mot si doux / Qu’il vaut tous les lilas / Oui mais moi je sais que c’est mai en moi.

Elsa Copperfie, playing and singing: Goodbye bashful spring, I love the early summer of May, I wish I had wings and fly with the butterflies in the flowers.

华为民、法国歌手艾尔莎·科波菲，刘祥生

HUA Weimin, chanteuse française Elsa Kopf et LIU Xiangsheng

Hua Weimin，Chanson Liu，Xiangsheng

华卫民和刘祥生在巴黎放飞孙悟空风筝

HUA Weimin et LIU Xiangsheng font voler le cerf-volant de Roi Singe à Paris

HUA Weimin and Liu Xiangsheng Monkey King Kite

· 风筝一线牵，连接友谊和文明，中法合拍的电影《风筝》播放60年来，与风筝乃至中国传统文化有关的元素，成为连接中法交往和友谊的桥梁与纽带，风筝也逐渐成为了中法友谊的象征。

Le cerf-volant tiré par un fil est comme un symbole d'amitié reliant 2 civilisations. Co-produit par la Chine et la France il y a 60 ans, ce film a permis à un cerf-volant de devenir l'image la plus poétique du pont relationnel entre les 2 pays.

Narrations: The friendship and civilizations are drawn by the string of the kite. 60 years after the Sino-French co-produced film *The Magic of the Kite* was shown, the elements of traditional Chinese culture relevant to kite, have become the bridges and ties of Sino-French exchanges and friendship, and kite itself gradually evolves to be the symbol of Sino-French friendship.

场景 16

Scènes Scenes

留法青年画家王涵为什么选择画风筝，并且说“风筝不断线”？出席在巴黎举行的“意在巴黎 -- 中国美术馆馆藏精品展和中法美术交流百年学术研讨会”的汪德迈（法国著名学者）和王涵之间有着怎样的缘分？

Pourquoi WANG Han, jeune peintre étudiant en France a-t-elle choisi de déssiner le cerf-volant, et a-t-elle dit que « Le fil du cerf-volant ne doit jamais se casser » ? Quel sort y a-t-il entre WANG Han et Léon Vandermeersch (célèbre érudit français) qui a assisté à « Rencontre des idées à Paris » avec des collections du Musée d'art National de Chine et du Séminaire Centenaire des échanges des beaux-arts entre la Chine et la France?

Why did Wang Han, a Chinese young artist in France, choose to paint kites and say that the string of a kite never breaks? What would be the fate between Wang Han and the famous French scholar Leon Vandermeersch, who had attended the exhibition titled Experience China, Meeting in Paris-Treasures from the National Art Museum of China and a symposium on a century of Sino-French art exchanges?

巴黎　Paris　Paris

2019 年 3 月 27 日 巴黎

Le 27 mars 2019, Paris

Paris March 27, 2019

王涵　中国留法研究生

WANG Han, étudiante chercheuse chinoise en France

Wang Han, a Chinese postgraduate student in France

王涵（中国留法研究生）：我现在画的呢是风筝，画的是这些风筝穿过黎明的景象。

Documentaire WANG Han (Etudiante chercheuse chinoise en France) : Ce que je dessine ce sont des cerfs-volants, des cerfs-volants qui s'envolent à travers l'aurore.

Wang Han (a Chinese postgraduate student in France): What I'm painting are kites, which are going through the dawn.

记者：你这个地板上的画都是风筝的主题吗？

Xu : Toutes les œuvres au sol ont pour thème le cerf-volant ?

Journalist: Are all the paintings on the floor about the theme of kites?

王涵（中国留法研究生）：对，画的全部都是风筝。

WANG Han (Etudiante chercheuse chinoise en France): Effectivement oui, toutes représentent des cerfs-volants.

Wang Han: You are right. These are all kites.

王涵（中国留法研究生）：这个风筝呢画的是一只小鸟，它既象征着我们中法的友谊像一只和平鸽，然后它也象征着我们的艺术理想和现实生活来源依据之间的联系，风筝不断线。

WANG Han (Etudiante chercheuse chinoise en France) : Sur ce cerf-volant, je dessine un petit oiseau qui symbolise non seulement l'amitié sino-française comme une colombe de la paix mais aussi le lien entre notre idéal artistique et l'origine de notre vie réelle. Le fil du cerf-volant ne doit jamais se casser.

Wan Han (a Chinese postgraduate student in France): This kite is a bird shape, it not only symbolizes that the Sino-French friendship is like a peace dove, but also implies the tie between our artistic ideal and actual life. The string of a kite never breaks.

· 风筝不断线、风筝象征着中法友谊，有着如此观念的年轻画家，叫王涵，时年二十六岁。2015 年毕业于清华大学美术学院，2019 年硕士研究生毕业于法国索邦大学艺术系。目前，在巴黎科学艺术与人文大学进行博士生的研究学习。那么，这位中国留法的学生和风筝又有着怎样的故事呢？

Le fil du cerf-volant ne doit jamais se casser, comme l'amitié sino-chinoise ne peut se rompre. Cette jeune peintre avec un tel esprit s'appelle WANG Han, elle a 26 ans et est diplômée de l'Institut des beaux-arts de l'Université Qinghua. En 2019 elle a obtenu un master d'Art à la Sorbonne. Elle est actuellement en doctorat à l'Université Paris Sciences et Lettres. Mais quelle est l'histoire entre cette étudiante chinoise en France et le cerf-volant ?

The string of a kite never breaks and the kite is a symbol of the Sino-French friendship. The young artist with this perception is called Wang Han, who is 26 years old. She graduated from the school of art, Tsinghua University in 2015 and got her master degree from the Department of Art, Sorbonne University, France in 2019. At present, she is studying in Paris Sciences & Letters University for her PHD. Then what is the relation between this Chinese student in France and kites?

乔伟　清华大学附属中学美术老师

QIAO Wei, enseignant de beaux-arts au lycée attaché à l'Université Qinghua

Qiao Wei, art teacher of the Secondary School affiliated to Tsinghua University

2019 年 2 月 9 日，巴黎

Le 9 février 2019, Paris

乔伟（清华大学附属中学美术老师）：同学们晚上好，今天我们请来的是你们的学姐，王涵。那么她在 2005 年的时候，在我们学校读初中。

QIAO Wei (enseignant de beaux-arts du lycée attaché à l'Université Qinghua) : Bonsoir à tous. Aujourd'hui nous vous présentons votre sœur aînée du lycée, WANG Han, qui a fait ses études dans notre collège en 2005.

Qiao Wei (art teacher, affiliated secondary school to Tsinghua University): Good evening everyone, today we are honored to have alumna Wang Han here. She studied in our school in 2005.

清华大学附属中学学生　Elève du lycée attaché à l'Université Qinghua　A student of the Secondary School affiliated to Tsinghua University

清华大学附属中学学生：学姐，我想问一下，就是巴黎是一座很浪漫很大的城市，这个城市对于你来说最大的吸引力是什么？

Elève au lycée: Bonjour, je voudrais vous demander, comme Paris est une grande ville romantique, selon vous, quelle est sa plus grande attractivité ?

A student of the High School Affliated to Tsinghua Univesity: Good evening, Ms Wang. My question is, Paris is a romantic metropolitan city, and what Paris attracts you the most?

王涵　中国留法研究生

WANG Han, étudiante chercheuse chinoise en France

Wang Han, Chinese student in France

王涵（中国留法研究生）：我想引用这个法国一个特别著名的作家叫阿尔贝·加缪，他有一句话呢叫作“自由之路，坎坷重重，难以生存却令人振奋”。

WANG Han (Etudiante chercheuse chinoise en France) : J'aimerais citer une phrase d'Albert Camus, écrivain français très célèbre. Il a dit que« le chemin de la liberté est rude, difficile pour survivre, mais excitant ».

Wang Han (Chinese student in France): Here I would like to quote a famous French writer Albert Camus, who said: “The road of freedom is full of frustrations, difficult to survive, but exciting.”

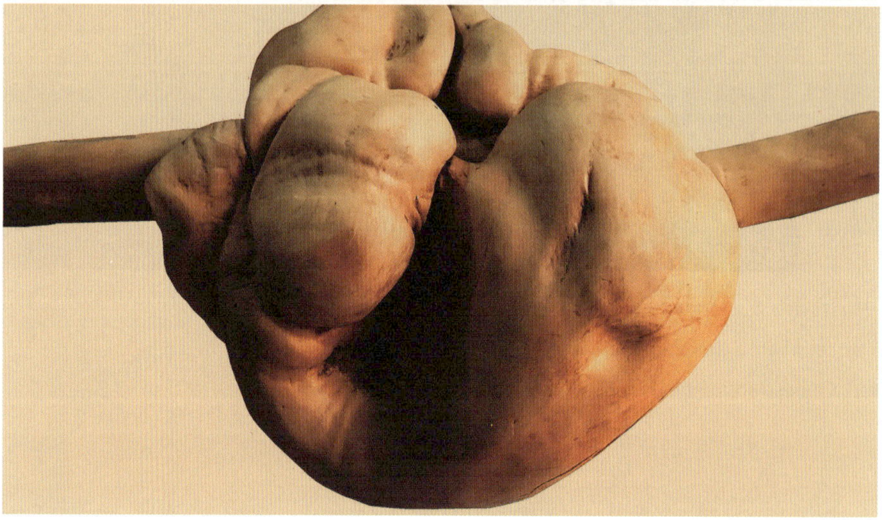

王涵和她的作品　　L'œuvre de WANG Han　　Wang Han's works

· 自由、坎坷、难以生存，令人振奋，这些关键词其实是王涵在艺术道路上追求梦想，不断挑战，不断进步，令人振奋的真实写照。

Liberté, rudesse, difficulté à survivre, excitation. Ces mots-clé sont en fait la réalité palpitante de la vie de WANG Han pour poursuivre ses rêves, se lancer des défis sans arrêt et progresser sans cesse sur les chemins des arts !

Freedom, frustration, survive, exciting, these keywords are actually the true reflection of the pursuit of dream, constant challenges and progress in Wang Han's exciting path of art.

王涵和书法老师怪夫子

WANG Han et Maître « étrange », professeur de calligraphie

Wang Han and her calligraphy teacher, Guai Fuzi

王涵三岁学习绘画，十二岁跟随怪夫子学习甲骨文书法，眼前是她的老师于2006年为这位弟子写的证书。2011年，擅长绘画书法的王涵考入清华大学美术学院绘画系油画专业学习，毕业前一门水墨画的课程，让她的艺术创作有了明显的变化。

WANG Han a commencé à apprendre la peinture à l'âge de 3 ans. A 12 ans, elle a appris auprès du Maître « étrange » pour l'inscription sur carapace de tortue. Voici le certificat écrit en 2006 par son professeur pour sa disciple. En 2011, douée en peinture et en calligraphie, elle a été admise au département de peinture à l'huile de l'institut des beaux-arts de l'Université Qinghua. Un cours de peinture à l'encre avant la fin de ses études a motivé un changement notable de sa création artistique.

王涵甲骨文书法 Inscription sur carapace de tortue de WANG Han Wang Han's calligraphy of oracle fonts

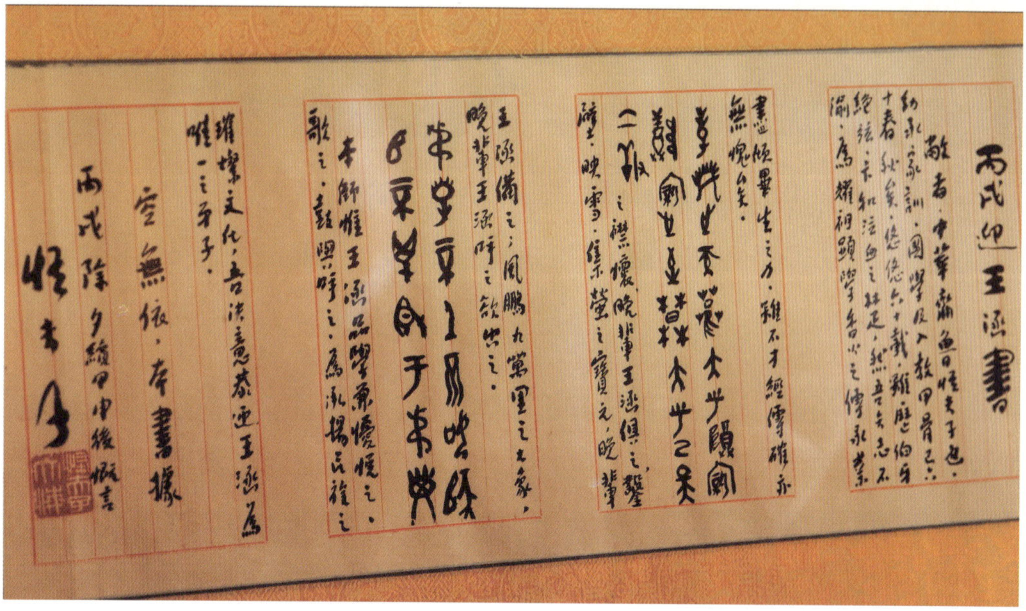

王涵书法老师怪夫子给她的证明

Certificat écrit par Maître « étrange » à WANG Han

Wang Han's calligraphy Guai Fuzi, provided certificate letter to her

Wang Han began to learn painting at the age of three, and followed Song Dahai(known as Peculiar Master) at 12 to learn Oracle-bone inscription calligraphy, and this is the certificate that the master wrote for her in 2006. In 2011, Wang Han, who was good at painting and calligraphy, entered the school of art, Tsinghua University to learn oil painting, before the graduation, an ink painting course brought significant changes to her artistic works.

陈辉（清华大学教授）：（她）虽然学的是油画，但是后来在这个毕业前我上水墨课，通过上课当中，她发现水墨实验课的这个魅力和它的乐趣和它的这种神秘感，于是乎好像一发不可收拾。

CHEN Hui (professeur de l'Université Qinghua) : Bien qu'elle apprenne la peinture à l'huile dans mon cours de peinture à l'encre à la fin de ses études, elle a trouvé dans le charme du cours d'expérimentation de l'encre, son plaisir et sa sensation mystérieuse. Du coup, elle semblait hors de contrôle.

Chen Hui (Professor, Tsinghua University): Although she majored in oil painting, she attended my ink painting course before her graduation, found the enjoyment and mystery of the ink and wash experiment lesson, consequently from then on, it was out of control.

陈辉 清华大学教授　　CHEN Hui, professeur à l'Université Qinghua　　Chen Hui, professor of Tsinghua University)

王涵和创作的作品 WANG Han et ses œuvres de création Wang Han and her works

王涵（中国留法研究生）：这幅画是用水彩画的，画的题目呢叫做《相遇8633》，就是相遇 8633。86 呢是中国的区号，33 呢是法国的区号，因此这幅画描绘的就是我刚刚到法国的时候，在中法交汇之际呢，我遇到的一些灵感，然后我就将它比喻成了火花和花。

WANG Han (étudiante chercheuse chinoise en France) : Cette œuvre est peinte à l'acquarelle, intitulée *Rencontre 8633*, c'est-à-dire la rencontre de 86 et 33. Le chiffre 86 est le code national de la Chine et 33 est celui de la France. Ainsi, cette peinture décrit en fait des inspirations que j'ai eues, je les ai comparées aux étincelles et aux fleurs, peu après mon arrivée en France à l'occasion d'échanges sino-français.

Wang Han (Chinese student in France): This is an ink painting, whose title is meeting of 8633. 86 is the country code of China and 33 is the country code of France. This picture depicted what had come to my mind when I first arrived in France and the two cultures mingled, later on I called them spark and flower.

王涵在巴黎中国文化中心举办个人作品展开幕式的情景

Cérémonie d'ouverture de l'exposition personnelle de WANG Han au Centre culturel de Chine à Paris

Opening ceremony of Wang Han's solo exhibition at the Chinese Cultural Center in Paris

也正是在艺术领域的不断创新，2015 年 2 月，王涵在清华大学毕业前夕应邀在巴黎中国文化中心举办了个人画展。

C'est grâce à ses créations artistiques incessantes qu'à la veille de sa graduation à l'Université Qinghua, WANG Han a été invitée au centre culturel de Chine à Paris en février 2015 pour y présenter son exposition personnelle de peintures.

Due to the constant innovation in her arts, Wang Han was invited to hold exhibition of paintings in China Cultural Center in Paris, prior to her graduation from Tsinghua University in February, 2015.

巴黎法中文化交流中心

Centre d'échanges culturels et artistiques franco-chinois à Paris

China Cultural Center in Paris

2019 年 3 月 26 日 巴黎法中文化交流中心

Le 26 mars 2019, Centre culturel d'échanges franco-chinois à Paris

China Cultural Center in Paris, March 26, 2019

意在巴黎中国美术馆馆藏精品展和中法美术交流百年学术研讨会

« Rencontre des idées à Paris » avec des collections du Musée d'art National de Chine et du Séminaire Centenaire des échanges des beaux-arts entre la Chine et la France

The exhibition titled "Experience China, Meeting in Paris: Treasures from the National Art Museum of China" and a symposium on a century of Sino-French art exchanges were held at the same time

· 2019 年 3 月 26 日，也就是在王涵在这里举办个人画展 4 年后，为庆祝中法建交 55 周年，暨留法勤工俭学 100 周年，中国美术馆，法国巴黎中国文化中心，中外文化交流中心也在同一个展览场地——法国巴黎中国文化中心举办了主题为“意在巴黎”中国美术馆馆藏精品展和中法美术交流百年学术研讨会。

Le 26 mars 2019, 4 ans après l'exposition personnelle de peintures de WANG Han, c'est pour célébrer le 55e anniversaire de l'établissement des relations diplomatiques sino-françaises et le 100e anniversaire du Mouvement Travail-Études en France, que le Musée d'art National de Chine, le Centre d'échanges Culturels sino-étrangers et le Centre Culturel de Chine à Paris ont organisé dans ce lieu une grande exposition appelée « Rencontre des idées à Paris » avec des collections du Musée d'art National de Chine et du Séminaire Centenaire des échanges des beaux-arts entre la Chine et la France.

On March 26, 2019, four years after Wan Han's exhibition of paintings, was held in China Cultural Center in Paris, an exhibition celebrating the 55th anniversary of the establishment of China-France diplomatic relations and 100th anniversary of the work-study program in France was held at the same venue. The exhibition was co-organized by the National Art Museum of China, China Cultural Center in Paris and China International Culture Exchange Center. The exhibition entitled "Experiencing China, Meeting in Paris:Treasures from the National Art Museum of China" and the symposium entitled "A Century of Sino-French Art Exchanges" were held simultaneously.

·"意在巴黎"中国美术馆馆藏精品展是从中国留法艺术家近500件作品中精选出来的。20世纪初，中国艺坛形成了出国留学的热潮，巴黎是他们追寻艺术之梦的首选，他们之中涌现出徐悲鸿，林风眠，刘海粟，吴冠中等杰出的艺术家。1933年，徐悲鸿作为策展人在巴黎成功举办了中国美术展览会，展览期间，徐悲鸿与在法国学习的十七位中国留学生，拍摄了中国现代美术史上著名的合影。在这次展览中，这张合影中的徐悲鸿、唐一禾、秦宣夫、胡善余、曾竹韶、吕斯百、常书鸿、周轻鼎、王临乙等九人作品入选其中。

Pour « Rencontre des idées à Paris » - Exposition des collections du Musée d'art National de Chine, le public apprécia des œuvres sélectionnées parmi 500 œuvres d'artistes chinois étudiant en France. Au début du 20e siècle, nombreux étaient les artistes chinois qui poursuivaient leurs études à l'étranger. Paris était la première destination au monde pour réaliser leurs rêves artistiques. Entre autres, on peut citer de grands maîtres d'art comme XU Beihong, LIN Fengmian, LIU Haisu et WU Guanzhong. En 1933, en tant que planificateur d'exposition, XU

徐悲鸿与在法国学习的十七位中国留学生合影

La photo de XU Beihong avec 17 étudiants chinois en France

Xu beihong took photo with 17 Chinese students studying in France

Beihong a organisé avec succès à Paris celle des beaux-arts de Chine. Durant cette exposition, XU Beihong, a pris une photo de groupe bien connue dans l'histoire moderne des beaux-arts de Chine, avec 17 étudiants chinois en France. Au cours de cette exposition, en plus de XU Beihong sur cette photo, il y avait en total 9 artistes, comme TANG Yihe, QIN Xuanfu, HU Shanyu, ZENG Zhushao, LU Sibai, CHANG Shuhong, ZHOU Qingding et WANG Linyi dont leurs œuvres ont été exposées à cette occasion.

"Experiencing China, Meeting in Paris :Treasures from the National Art Museum of China" displayed paintings and sculptures selected from 500 works of the Chinese artists who studied in France. At the beginning of the 20th century, there was an upsurge to study abroad in the art circle and Paris was the first destination of those artists. Among them, Xu Beihong, Lin Fengmian, Liu Haisu and Wu Guanzhong were the most prominent. In 1933, Xu Beihong sponsored an exhibition of Chinese art works successfully. During the exhibition time, this photo of 17 Chinese students was taken, it became very famous in the history of the Chinese art. At this exhibition, works of Xu Beihong, Tang Yihe, Qin Xuanfu, Hu Shanyu, Zeng Zhushao, Lu Sibai, Chang Shuhong, Zhou Qingding and Wang Lingyi were diaplayed.

意在巴黎中国美术馆馆藏精品展和中法美术交流百年学术研讨会

« Rencontre des idées à Paris » avec des collections du Musée d'art National de Chine et du Séminaire Centenaire des échanges des beaux-arts entre la Chine et la France

The exhibition titled "Experience China, Meeting in Paris: Treasures from the National Art Museum of China" and a symposium on a century of Sino-French art exchanges were held at the same time

· 当天，有七位法国院士参加了“中法美术交流百年学术研讨会”，其中被国际汉学界誉为法国大儒的 92 岁高龄的法国著名汉学家汪德迈在研讨会中发言。由于长达七十年研究和传播中国文化，2019 年 1 月 18 日，他荣获由北京师范大学会林文化基金和中国文化国际传播研究院颁发的“第五届会林文化奖”。

Ce jour-là, 7 académiciens français ont participé au Séminaire Centenaire des échanges des beaux-arts entre la Chine et la France. Entre autres, Léon Vandermeersch, célèbre sinologue français de 92 ans, considéré par le milieu de sinologie internationale comme grand confucéen de France, a donné un discours au séminaire. Pour récompenser ses recherches et sa diffusion de la culture chinoise pendant plus de 70 ans, il a obtenu le 18 janvier 2019 le Grand Prix de la 5e édition Huilin, délivré par la Fondation Culturelle Huilin de l'Université Normale de Pékin et l'Institut de Communication Internationale de la culture chinoise.

On that day, seven French academicians attended the symposium on a century of Sino-French art exchanges. Among them, 92 years old Leon Vandermeersch, an outstanding French Sinologist, made remarks on the symposium. He was called the great scholar of France by the international sinology. On January 18, 2019, he was awarded the 5th Huilin Prize for Culture by Huilin Foundation of Beijing Normal University and the Academy for International Communication of Chinese Culture, for his 70-year long research and promotion of Chinese culture in the world.

汪德迈（法国著名学者）：我非常喜欢中国，也特别喜欢中国文化，最喜欢中国文学，我没有研究中国文学，我的研究是中国历史，中国语言这些，但是也喜欢中国的美术。

Léon Vandermeersch (célèbre érudit français): J'aime bien la Chine, et aussi la culture chinoise. J'aime le plus la littérature chinoise, malgré que je ne l'ai pas étudiée, je m'intéresse beaucoup à l'histoire de la Chine mais aussi à sa langue. J'aime également les beaux-arts de Chine .

Leon Vandermeersch (French scholar): I like China very much, especially Chinese culture. I like the Chinese literature most, but I have not done any research on it. I do research on Chinese history and the language, I like the Chinese arts as well.

汪德迈法国著名学者
Léon Vandermeersch, célèbre érudit français
Leon Vandermeersch, renowned French scholar

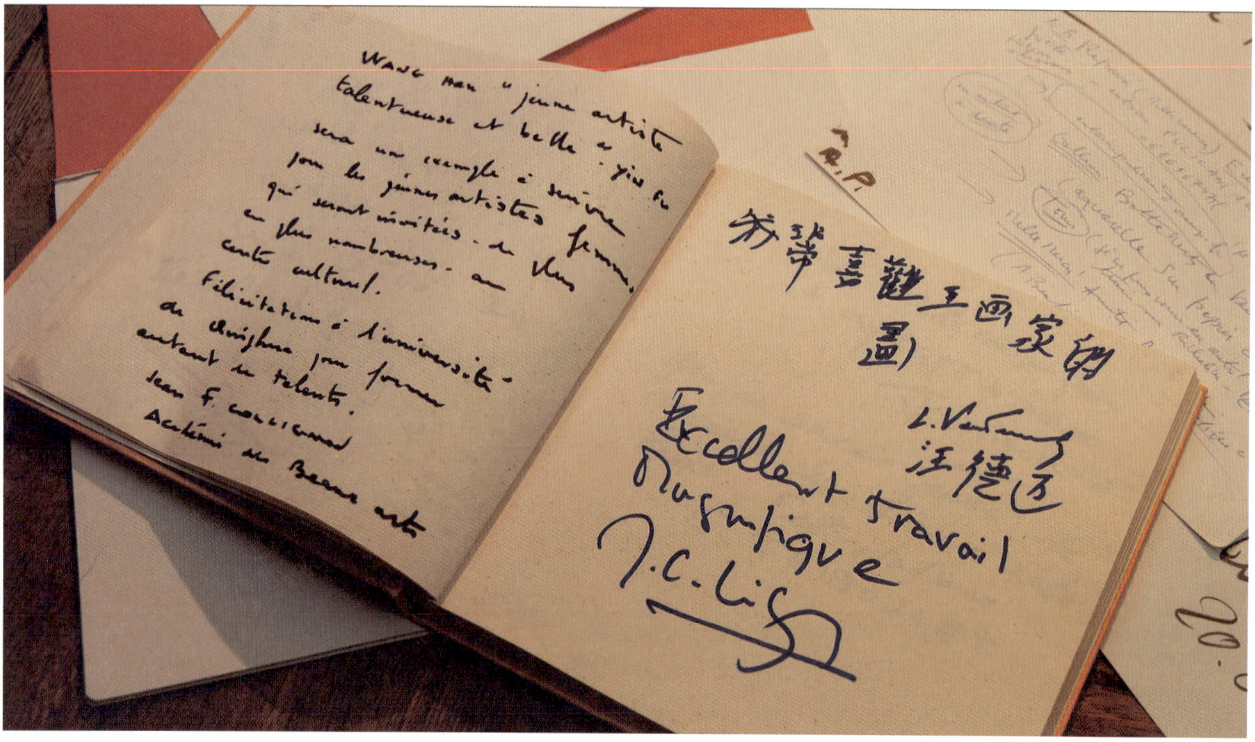

非常喜欢中国文化的汪德迈，2015 年 2 月，也就是 4 年前出席了王涵在巴黎中国文化中心举办的个人展后，用中文留言：我非常喜欢王画家的画。

Passionné pour la culture chinoise, Léon Vandermeersch a participé en février 2015 à l'exposition personnelle de WANG Han, au Centre Culturel de Chine à Paris. À l'issue de sa visite, il a écrit un message en chinois. « J'aime beaucoup les œuvres de la peintre WANG ».

Leon Vandermeersch, who is very fond of Chinese culture, was present at Wan Han's exhibition of paintings at the China Cultural Center in Paris in February, 2015, He wrote in Chinese on the visitors' book: I like Ms Wang's paintings very much.

土涵 中国留法研究生
WANG Han, étudiante chercheuse chinoise en France
Wang Han, Chinese student in France

王涵（中国留法研究生）：当时看了之后我觉得特别激动，受宠若惊，因为他已经是一位八九十岁的老人，而且是非常著名的汉学家。

WANG Han (étudiante chercheuse chinoise en France): Après l'avoir lu, je me sens très excitée, même flattée, parce que c'est un vieil homme plus de 90 ans et aussi un très célèbre sinologue.

Wang Han (Chinese student in France): I was extremely moved when I read his words, very much flattered, for he is almost ninety years old and he is such a famous sinologist.

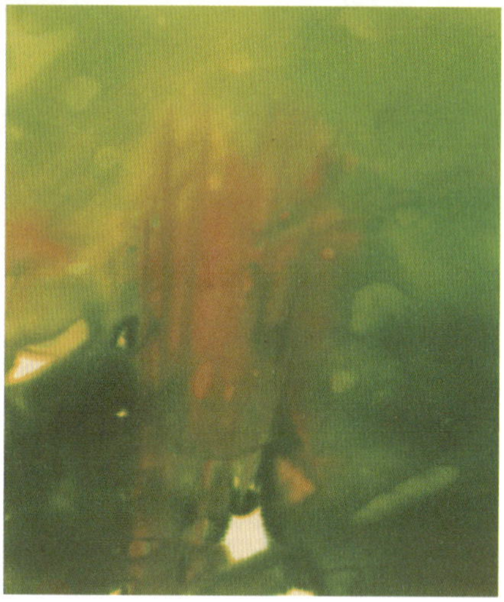

· 在留学法国的三年里，王涵在黎塞留市“第一届中国电影节”期间举办过个人画展，她的作品三次入选法国大皇宫对比沙龙作品展。2019 年，王涵作为世界五十位青年艺术家入选法国 KIDZ 年鉴，在电影《风筝》播映 60 年后，这位中国留法青年画家，以“风筝”为题材创作了系列画作。

Au cours de ses trois ans d'études en France, WANG Han a exposé ses œuvres à Richelieu en France, pendant la première édition du Festival de cinéma de Chine. Elles ont été sélectionnées à trois reprises au salon de comparaison d'art du Grand Palais. En 2019 Wang Han fut classée par l'annuaire français « KIDZ » comme l'une des 50 jeunes artistes du monde entier. 60 ans après la projection du film *Cerf-volant du bout du monde*, cette jeune créatrice chinoise vivant en France a créé une série de peintures sur le thème du cerf-volant.

During the three years in France, Wan Han exhibited her paintings at the 1st Chinese Film Festival in Richelieu, France. Her works were selected three times to be displayed in the Comparisons of Art Capital of French Royal Palace. In 2019, she was enlisted to the French KIDZ almanac as one of the fifty young artists in the world. 60 years after the film *The Magic of the Kite* was shown in the cinemas, this young Chinese painter, who is now in France, drew a series of paintings with " Kite" as the subject.

王涵和她的作品　　WANG Han et ses œuvres　　Wang Han and her works

记者：你为什么想到画这么多的风筝？

Pourquoi avez-vous peint autant de cerfs-volants ?

Journalist: Why did you paint so many kites?

王涵和她的作品 WANG Han et ses œuvres Wang Han and her works

王涵（中国留法研究生）：我之所以画“风筝”这个主题呢，是因为之前我看过一部电影叫作《风筝》，是六十年前中法合拍的第一部电影。吴冠中他有一套理论叫作“风筝不断线”，就是说我们这个创作艺术作品的时候，在表现理想，表现我们心中的形象的时候，同时也要根植于现实，就好比是风筝和大地之间的关系，需要有所现实依据。然后我到了法国之后，这个风筝我觉得既是艺术理想的一种寄托，它也可以象征着中法友谊的一种传递。所以我很喜欢这个题材。

WANG Han (étudiante chercheuse chinoise en France) : Si j'ai pris comme thème le cerf-volant, c'est que j'ai vu un film intitulé *Cerf-volant du bout du monde*. C'est le premier film co-produit par la Chine et la France il y a 60 ans. Le grand maître WU Guanzhong a une série de théories artistiques « Le cerf-volant qui ne casse pas son fil ». C'est-à-dire pour notre création des œuvres artistiques, dans l'interprétation des idées et des images de notre cœur, il faut aussi se baser sur la réalité tout comme le lien entre le cerf-volant et la terre. Il faut toujours s'appuyer sur la réalité. Depuis mon arrivée en France je pense que le cerf-volant est devenu une nourriture pour mes idées artistiques, et aussi une transmission de l'amitié sino-française. C'est pour cela que j'aime beaucoup ce thème.

Wang Han (Chinese student in France): I like drawing kites, simply because I had watched a film called *The Magic of the Kite*, which was the first film co-produced by China and France. Mr. Wu Guanzhong had a theory termed as the string of a kite never breaks, which means when we create art works, expressing our ideas and the images in our mind, the art works must be rooted in reality, just as the tie between a kite and the earth, they must have realistic basis. After I came to France, I felt that the kites were not only the sustenance of my artistic ideals, but also the symbol of the relay of Sino-French friendship. Because of that, I like the subject very much.

场景 17

Scènes Scenes

旅法著名的作曲家二胡演奏家果敢和风筝也有不解之缘。

GUO Gan, grand compositeur et joueur d’erhu installé en France, a également un destin indissoluble avec le cerf-volant.

Guo Gan, a famous Chinese erhu master in France, also had deep connections with kites.

果敢疯马乐队演奏在《全球功夫春晚》演奏《功夫》

« Bande de cheval fou » formée par GUO Gan joue *Kung-fu* sur la scène du *Gala Mondial de Nouvel An chinois de Kung-fu*

Duplessy Band formed by Guo Gan is playing the composition of Kung Fu at Global Kung Fu Spring Festival Gala

· 正在演奏的这支乐队，是果敢组建的疯马乐队，他们演奏的《功夫》乐曲是果敢的原创音乐。

La bande qui est en train de jouer, c'est la bande formé par GUO Gan, intitulée « Bande de cheval fou ». La composition *Kung-Fu* qu'elle a joué est une composition originale de GUO Gan.

The band performing on the stage is called the Duplessy Band formed by Mr. Guo Gan, and the music they are playing is the original work of Guo Gan composed for the movie *Kung Fu*.

· 50 岁的果敢，是一位旅法著名的作曲家和二胡演奏家，他与风筝也有着一段故事。

GUO Gan, 50 ans, est un célèbre compositeur et joueur d'erhu installé en France. Il a lui-même une histoire avec le cerf-volant.

Mr. Guo gan at the age of 50, is a famous Chinese composer and erhu performer in France. He also has a story with kites.

果敢疯马乐队演奏在《全球功夫春晚》演奏《功夫》

« Bande de cheval fou » formée par GUO Gan joue *Kung-fu* sur la scène du *Gala Mondial de Nouvel An chinois de Kung-fu*

Duplessy Band formed by Guo Gan is playing the composition of Kung Fu at *Global Kung Fu Spring Festival Gala*

果敢 旅法音乐家　　GUO Gan, musicien installé en France　　Guo Gan, Chinese musician in France

“全球功夫春晚”片段：谢谢，谢谢非常精彩的演出。

Extrait du Gala Mondial de Nouvel An chinois de Kung-fu : Merci, merci pour cette excellente performance.

Clips of Global Kung Fu Spring Festival Gala: Thank you for your wonderful performance.

· 18 年前，果敢到法国学习的并不是中国的二胡，而是西洋打击乐器。

Il y a 18 ans, GUO Gan est allé étudier en France, ce qu’il a étudié, n’était pas l’erhu chinois, mais des instruments de percussion occidentaux.

When Guo Gan came to France eighteen years ago, what he learned was not erhu, but western percussion instruments.

果敢 旅法音乐家 GUO Gan, musicien installé en France Guo Gan, Chinese musician in France

果敢（旅法音乐家）：刚开始来法国的时候，我也是一个自费的留学生，其实我是来学打击乐的，但是学完以后呢，我就觉得可能我从事这个打击乐，要是养活我的话有一些困难。当过这个时装模特，然后还当过电影跑龙套的，然后还去给别人当模特，做过好多这样的事。

GUO Gan (Musicien installé en France) : Au début de mon arrivée en France, j'étais un étudiant étranger autofinancé. En fait, je suis venu étudier la musique de percussion, mais à la fin de mes études, j'ai pensé qu'il serait difficile de gagner ma vie avec la musique de percussions. J'avais travaillé comme mannequin, j'avais joué un tout petit rôle au cinéma, et j'avais même été modèle. J'ai fait pas mal de petits boulots comme ça.

Guo Gan (Chinese Musician in France): When I came to France as a self-funded student at the beginning, actually I came to learn percussion instruments, but after I finished the course, I felt difficult to support myself with my techniques of percussion instruments. I worked as a fashion model, played bit roles in movies, even worked as a mannequin, all that kind of staff.

果敢和他的父亲果俊明 GUO Gan et son père GUO Junming GUO Gan and his father Mr. GuoJunming

· 果敢前往法国留学的时候，他的父亲，曾任中国沈阳音乐学院民乐系主任的中国二胡演奏大师果俊明，让 4 岁就开始拉二胡的果敢带了一把二胡前往法国。当时凭借打击乐器，找不到工作的果敢拿起二胡，开始了在法国的打拼，2004 年，与一位电影作曲家的合作让他一发而不可收。

果敢　旅法音乐家　　GUO Gan, musicien installé en France　　Guo Gan, Chinese musician in France

Lors de son départ en France, son père GUO Junming, grand joueur chinois de l’erhu, était directeur du département de musique traditionnelle chinoise du Conservatoire de musique de Shenyang. Il a demandé à GUO Gan, qui a joué de l’erhu à partir de 4 ans d’en apporter un pour aller en France. N’arrivant pas à trouver un boulot par la musique de percussions, GUO Gan a tenté sa chance en France avec l’erhu. En 2004, une collaboration avec un compositeur de film l'a amené sur le chemin du succès.

When Guo Gan left for France to study, his father Mr. Guo Junming, an erhu master, who used to be the head of the Traditional Instruments Department, ShenYang Conservatory of Music, told Guo Gan who started to learn erhu at the age of four to take an erhu with him. When Guo Gan could not find a job with his percussion instruments skills, he took up erhu and started his personal strivings in France, in 2004, his collaboration with a film composer took him to a fast track.

果敢（旅法音乐家）采访：这个电影作曲家很有名，他就叫盖布瑞·雅德，他的电影我一说你就知道——《英国病人》。他获得了《英国病人》的原创音乐的奥斯卡金像大奖。头一次我进棚跟他合作，那应该是 2004 年，我们就合作了一个片子，叫 l'idole，就是叫“偶像”。当时我们在棚里认识很多别的人，大家一看这个神奇的乐器两根弦，马上就被打动了。那么然后第二次我就是跟巴黎歌剧院的交响乐队合作，叫“中国墨”。这也是一次机会，也是在巴黎最大的剧场演出，连演十场，这一下就火了，就开始了。

Interview de GUO Gan (Musicien installé en France):C'est un compositeur très connu qui s'appelle Gabriel Yared. Tu reconnais son film dès que je te le citerai : « le Patient Anglais ». Il a reçu un Oscar avec la musique originale de ce film. La première collaboration avec lui a eu lieu en 2004. On a coopéré au tournage d'un film intitulé « L'idole ». Au studio d'enregistrement, j'ai fait également la connaissance de nombreuses personnes qui étaient toutes impressionnées par l'erhu, un instrument magique avec seulement deux cordes. Et pour la seconde fois j'ai collaboré avec l'orchestre symphonique de l'Opéra de Paris pour un spectacle nommé « Encre chinoise ». C'était une grande opportunité car nous avons joué dans le plus grand théâtre de Paris pour 10 spectacles consécutifs. Et voilà, bang, un grand succès populaire et ça démarre !

Guo Gan (Chinese musician in France) interviewed: This film composer was famous, he was Gabriel Yared, if I mention his film, you must have heard of it. The film was *English Patient*. He won the Best Music Award of Oscar, Original Dramatic Score. The first time I worked with him in the studio, I think it was in 2004. We worked for a film called *l'idole* . which means " idol" in English. I made acquaintances with many people in the studio, when they saw the amazing two strings of the instrument, they immediately got touched. The second time, I performed together with the symphony orchestra of Paris Opera, the symphonic poem was Chinese Ink. This was a good opportunity, we performed in the largest concert hall in Paris, ten concerts consecutively, it turned out to be a huge success and fame started to come.

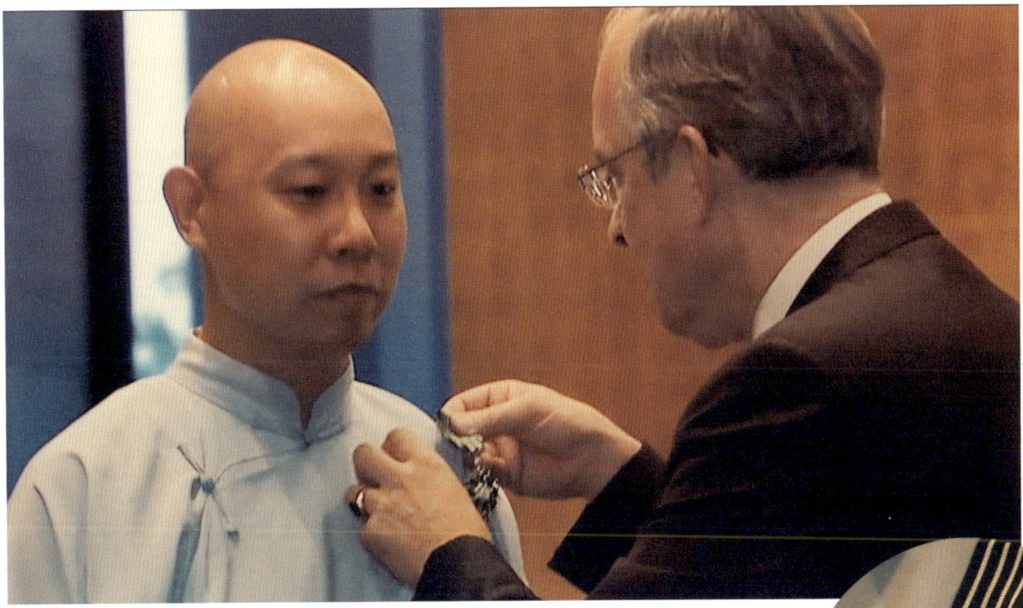

果敢获得法国文化部颁发的法国文学与艺术骑士勋章

GUO Gan, gagnant de la médaille de Chevalier des Arts et des Lettres délivrée par le Ministère français de la Culture

Guo Gan was awarded the title of "Chevalier des Arts et des Lettres" by the Ministry of Culture

· 成名之后的果敢，在 100 多个国家和地区演出 3000 多场，录制了 70 多张唱片，他为法国的电影录音，为美国的电影《功夫熊猫 3》演奏。凭借对中法文化的突出贡献，2015 年，他获得法国文化部颁发的“法国文学与艺术骑士勋章”。

Devenu célèbre, GUO Gan a donné plus de 3000 représentations dans plus de 100 pays et régions, et il a sorti plus de 70 disques. Il a fait des enregistrements pour des films français et a participé au film américain *Kung-fu Panda III*. Grâce à sa contribution notable aux échanges culturels franco-chinois, il a obtenu en 2015 la médaille de Chevalier des Arts et des Lettres délivrée par le Ministère de la Culture de France.

After becoming famous, Guo Gan performed more the 3000 times in more than 100 countries and areas, made more than 70 records, he recorded for French movies and performed for the American movie Kung Fu Panda 3. Due to his outstanding contribution to Sino-French cultural exchanges, he was awarded the title of "Chevalier des Arts et des Lettres" by the Ministry of Culture, France in 2015.

果敢　旅法音乐家　　GUO Gan, musicien chinois installé en France　　Guo Gan, Chinese musician in France

2019 年 1 月 28 日 巴黎

Le 28 janvier 2019, Paris

Paris January 28, 2019

· 果敢现在住在法国巴黎埃菲尔铁塔附近，在这儿放风筝，是他休息时的一项主要运动。不过，他与风筝的故事却与他的音乐创作和演奏有关。

GUO Gan habite actuellement à Paris à côté de la Tour Eiffel. Lancer des cerfs-volants est sa distraction principale. Et son histoire avec le cerf-volant est liée à sa création musicale et à ses performances.

Guo Gan lives close to the Eiffel Tower in Paris and kiteflying in that area is a major sport for him at leisure time. But his tie with kites was relevant to his musical works and performances.

果敢　旅法音乐家　　GUO Gan, musicien installé en France　　Guo Gan, Chinese musician in France

果敢（旅法音乐家）：在2014年我就录制这张唱片，当时录的时候就是为了献礼中法建交50周年。为什么我这张专辑起名为“风筝”呢？因为当时我作了一个曲，整个旋律非常缥缈，非常有意境，有内涵。当时我马上就想到了我们中国最传统的文化，风筝。所以说我就把这首曲子起名为“风筝”，也把这张专辑的主打曲子叫做《风筝》。

Guo Gan (Musicien installé en France) : En 2014 j'ai fait enregistrer ce disque pour commémorer le 50e anniversaire de l'instauration des relations diplomatiques sino-françaises. Alors pourquoi l'ai-je nommé *Cerf-volant* ? Parce que j'ai composé à ce moment-là une mélodie, de style dit-on surréaliste, d'une conception artistique, et ayant beaucoup de connotations, je me suis rappellé la culture traditionnelle chinoise du cerf-volant. Ainsi j'ai nommé cet album et la chanson du thème *Cerf-volant.*

Guo Gan (Chinese musician in France): In 2014 I made this record for the celebration of the 50th anniversary of the establishment of diplomatic relations between China and France. Why did I name this album as *Kites*? After I wrote a piece of music, I found it very ethereal, quite poetic, and meaningful. It immediately reminded me of our traditional culture, kites. That was why I named that piece of music and the title track of the album as *Kites*.

· 留法 18 年的中国二胡演奏家果敢，用手中的二胡，用风筝乐曲等多种中国元素的音乐连接了中法两国不同的文明。

Installé depuis 18 ans en France, le musicien chinois d'erhu GUO Gan a créé lui aussi un pont reliant les civilisations chinoise et française, avec son instrument et sa musique riche en éléments culturels chinois comme la chanson *cerf-volant.*

Guo Gan, Chinese erhu master who stayed in France for 18 years, connected the two different civilizations of China and France with erhu in his hands and his musical works with diverse Chinese elements such as kites.

场景 18

Scènes Scenes

世界级电子音乐流行大师法国艺术家让·米歇尔·雅尔，为何对中国乃至中国文化情有独钟？

L’artiste français, Jean-Michel Jarre, maître majeur de la musique électronique au niveau mondial, pourquoi a-t-il une attirance irrésistible pour la Chine et même pour la culture chinoise ?

Why did the French artist Jean-Michel Jarre, a world-class master of electronic music, have a preference for China as well as for Chinese culture?

让・米歇尔・雅尔（音乐家）　Jean Michel Jarre,grand musicien　Jean-Michel Jarre, Musician

・这位法国艺术家叫让・米歇尔・雅尔，是世界级电子音乐流行大师，他的唱片销量超过1500万张，至今保持法国唱片史上累计销量冠军。

Ce grand artiste français s'appelle Jean-Michel Jarre. Maître majeur de la musique électronique au niveau mondial, ses disques se sont vendus à plus de 15 millions d'exemplaires. Il garde jusqu'à nos jours le titre de champion des ventes dans l'histoire de la discographie française.

This French artist is Jean-Michel Jarre, he is a world-class master of electronic music, his records sales exceeded 15 million copies and he remained to be the artist with the highest selling records in French history.

· 1981 年，中法合拍电影《风筝》上映 23 年后，33 岁的法国电子合成器演奏家让 · 米歇尔 · 雅尔来到中国，眼前，是他在中国天安门前和中国老百姓合影时的情景。

En 1981, soit 23 ans après la projetion du film *Cerf-volant du bout du monde* , le célèbre musicien français Jean-Michel Jarre, est venu en Chine. Voici ses images de joie, qui ont été prises devant la place Tian An'Men avec des Pékinois.

In 1981, 23 years after the Sino-French co-produced film *The Magic of the Kite* was shown, the French synth-pop performer Jean-Michel Jarre came to China at the age of 33, these are the pictures he took with ordinary Chinese in front of the Tian'Anmen Square.

让·米歇尔·雅尔（音乐家） Jean Michel Jarre, grand musicien Jean-Michel Jarre, Musician

1981年，也是新中国改革开放之初，法国音乐家让·米歇尔·雅尔在北京和上海成功举行了个人音乐会。2004年，他还在北京故宫的午门前，再次成功的举行了大型电子音乐会。

Cette année 1981 a marqué le début de la réforme et de l'ouverture de la Chine. Jean-Michel Jarre a donné des concerts mémorables à Pékin et à Shanghai. En 2004, devant la porte méridienne de la Cité interdite, il est revenu pour donner un grand concert fabuleux de musique électronique.

The year of 1981 marked the beginning of Chinese reform and opening-up policy, the French artist Jean-Michel Jarre held his personal concerts in Beijing and Shanghai successfully. In 2004, he returned to China again to hold a large-scale electronic concert in Beijing at the Meridian Gate of the Forbidden City.

《全球功夫春晚》现场

Spectacle du *gala Global de Nouvel An chinois de Kung-fu*

Site photo of Global Kung Fu Spring Festival Gala

—为什么你选择中国？

-Pourquoi vous avez choisi la Chine ?

-Why did you choose China?

· 让 · 米歇尔 · 雅尔（音乐家）：事实上，不是我选择中国，是中国选择了我。1981 年，中国希望向西方开放，中国电台决定选择一种西方的音乐，我的《氧气》和《昼夜平分》应该是中国电台的一次革命。

让・米歇尔・雅尔（音乐家） Jean Michel Jarre, grand musicien Jean-Michel Jarre, Musician

Jean Michel Jarre (Musicien) : En fait, c'est pas du tout moi qui ai choisi la Chine, c'est la Chine qui m'a choisi. En 1980, en fait avec la volonté du pays de vouloir s'ouvrir vers l'occident. En fait la Radio Chinoise a décidé de choisir une musique qui pour la première fois, musique occidentale de mes deux premiers albums *Oxygène* et *Equinoxe*, ce qui étaient effectivement une révolution dans la Radio Chinoise.

Jean-Michel Jarre(Musician): As a matter of fact, it wasn't that I chose China, it was China which chose me. In 1981, China opened its door to western world, China Radio decided to select some western music, my two albums, Oxygene and Equinoxe were released, this was a revolution of China Radio.

· 1981 年，中国电台播放了让·米歇尔·雅尔创作的电子音乐《氧气》《昼夜平分》等曲子。当时，这些乐曲风靡世界，那么，他的创作理念来自于哪里呢？

En 1981, la radio chinoise a diffusé les musiques électroniques de Jean-Michel Jarre comme *Oxygène* et *Equinoxe* qui étaient alors très populaires dans le monde entier. Alors d'où viennent ses inspirations ?

In 1981, China Radio broadcasted the electronic musical works of Jean-Michel Jarre, Oxygene and Equinoxe. At that time, these albums were popular throughout the world, then where was his creative concept originated?

让·米歇尔·雅尔（音乐家） Jean Michel Jarre, grand musicien Jean-Michel Jarre, Musician

·让·米歇尔·雅尔（音乐家）：当我创作一种新形式的革命性的音乐，电子乐时，首先想到要有空间，要与星空联系，与未来相关联。那什么是空间？那是两方面，那就是阴和阳。这方面中国文化给了我很多启迪，一直伴随着我的创作。

Jean Michel Jarre (Musicien) : Quand j'ai justement commencé cette nouvelle forme de musique assez révolutionnaire, qui est la musique électronique, elle était pour moi instinctivement liée à l'espace, liée aux planètes, liée à une certaine vision du futur. Alors, c'est quoi l'espace? Quand on parle d'espace, il y a deux aspects, il y a encore le Yin et le Yang. Je dirais que dans ce domaine, effectivement, la culture chinoise m'inspire beaucoup. C'est quelque chose qui me toujours suit, qui est présent plus que jamais dans ma création aujourd'hui.

Jean-Michel Jarre(Musician): When I create a new-type revolutionary music, that is electronic music, first of all I think of the space, to be connected to the starry sky and linked to the future. Then what is space? There are two sides, Yin and Yang, in this respect the Chinese culture is very inspiring to me. It remains to auompany my artistic creation.

· 中国文化元素不仅伴随着让 · 米歇尔 · 雅尔的创作。其实，就像电影《风筝》一样也影响着许多法国人。

Les éléments culturels chinois n'accompagnent pas seulement des créations de Jean-Michel Jarre, comme le film *Cerf-volant du bout du monde* , il influence de nombreux Français.

The Chinese cultural elements are with Jean-Michel Jarre's creation, in fact, it is just like that the film *The Magic of the Kite* is influencing many French people.

场景 19

Scènes Scenes

法国国家电视台的市场部负责人让·吕克·可奈儿，为什么喜欢练习太极拳？

Jean-Luc Crenel, responsable de marketing de France Télévisions, pourquoi aime-t-il pratiquer le Tai Chi ?

Why did Jean-Luc Connell, Marketing Director of TV5Monde, like to practice Chinese Taijiquan?

让·吕克·可奈尔 TV5Monde 市场部总监

Jean-Luc Crenel, superviseur en chef de Marketing de TV 5 Monde

Jean-Luc Connell, Marketing Director of TV5 Monde

让·吕克·可奈尔（ TV5Monde 市场部总监）：实际上，对我来说重要的是，当我们练太极拳时，它不仅仅是一种体育运动，也是一种精神修炼。

Jean-Luc Crenel (superviseur en chef du marketing à TV 5 Monde) : Ce qui me paraît important quand on pratique le Tai Chi, c'est non seulement une pratique physique mais c'est aussi une pratique de l'esprit.

Jean-Luc Crenel (Marketing Director, TV5Monde): As a matter of fact, when we practice Taijiquan, what is important to me is that it is not only a sport, but also it is a kind of spiritual practice.

· 他叫让·吕克·可奈儿，法国国家电视台的市场部负责人。1980 年，以寻找友谊为主题的电影《风筝》上映 22 年后，也就是中法两国正式建交 17 年后，他来到法国驻中国大使馆担任文化专员，参与了许多中法合作的大型文化活动。也就是从那时起，他开始喜欢中国的太极拳，并每天都会练习，中国太极拳带给他的不仅是强身健体，更多的是他对中国文化的感悟。

Il s'appelle Jean-Luc Crenel, il est responsable de marketing de France Télévisions. En 1980, 22 ans après la projection du *Cerf-volant du bout du monde* et 17 ans après l'établissement officiel des relations diplomatiques sino-françaises, il fut attaché culturel de l'ambassade de France en Chine. Il a introduit de grands événements culturels français en Chine. Et à cette époque-là, il a commencé à aimer le Tai Chi chinois qu'il pratique encore tous les jours. Le Tai Chi chinois lui apporte non seulement une bonne santé mais aussi une meilleure compréhension de la culture chinoise.

He is called Jean-Luc Connell, Marketing Director of TV5Monde. In 1980, 22 years after the Sino-French co-produced film *The Magic of the Kite* was shown, whose theme was looking for friendship, and 17 years after the normalization of the bilateral diplomatic relations, he was assigned as the Cultural Commissioner of the French Embassy in China. He was involved in many large-scale bilateral culture activities, ever since then, he became fond of Chinese Taijiquan and practiced every day. Practicing Chinese Taijiquan made him physically stronger and gave him more understanding of Chinese culture.

让・吕克・可奈尔 TV5Monde 市场部总监

Jean-Luc Crenel, superviseur en chef de Marketing de TV 5 Monde

Jean-Luc Connell, Marketing Director of TV5 Monde

让·吕克·可奈尔（TV5Monde 市场部总监）：中国哲学，永远追寻着阴阳两种力量之间的和谐。

Jean-Luc Crenel (Superviseur en chef de Marketing de TV 5 Monde) : La philosophie chinoise toujours, c'est la recherche d'une harmonie entre les deux forces : le Yin et le Yang.

Jean-Luc Connell (Marketing Director, TV5Monde): The Chinese philosophy always seeks the harmony of two powers, Yin and Yang.

场景 20

Scènes Scenes

作为李连杰的同门师兄弟，申思为什么选择到法国教授太极拳?

En tant que frère apprenti de Jet LI, pourquoi SHEN Si a-t-il choisi d’enseigner le Tai Chi en France ?

As a fellow apprentice with Kung Fu star Li Lianjie, why did Shen Si choose to teach Taijiquan in France?

《全球功夫春晚》现场

Spectacle du *Gala Mondial de Nouvel An chinois de Kung-fu*

Site photo of Global Kung Fu Spring Festival Gala

· 眼前，进行太极拳推手和太极对练表演的组合，叫“生生世世”组合。男的叫申思，女的是申思的夫人崔世颖，他们夫妇二人来自中国陈氏太极拳的发祥地——陈家沟。

Devant nous, ce duo qui poussent ses mains et fait un duel de Tai Chi s'appelle Sheng Sheng Shi Shi. Cet homme est SHEN Si et cette femme est son épouse CUI Shiying. Ils viennent de Chenjiagou, berceau de Tai Chi de la famille CHEN.

The duet performing Taijiquan pushhand and sparring practice is called Shengshengshishi combination(which means generation after generation). The man is Shen Si and the lady is his wife Cui Shiying, both are from Chenjiagou, the birthplace of Chen Style Taijiquan.

申思 陈氏太极拳老师
SHEN Si, professeur de Tai Chi de CHEN
Shen Si. Chen Style Taijiquan teacher

申思（陈氏太极拳老师）：其实这也是我们太极拳做跨界推广的一种方式。太极拳也可以很时尚，也可以很漂亮，也可以被很多年轻人所接受。

SHEN Si (professeur de Tai Chi de CHEN) : C'est en fait pour nous une manière de promouvoir le Tai Chi. Le Tai Chi peut aussi être bien à la mode et fascinant, et acceptable pour les jeunes.

Shen Si(Chen Style Taijiquan teacher): Actually this is a way of cross-sector promotion of Taijiquan. It can be fashionable and glamorous as well, acceptable to many youngsters.

· 1991 年出生的申思，9 岁就开始跟随陈氏太极拳大师王西安学习太极拳。他现在的人生目标是教授太极拳，做中华文化的推广使者。但是，申思 20 岁那一年，正在加拿大读书的他，选择成为电影《太极》的演员和导演。

Né en 1991, SHEN Si a commencé à l'âge de 9 ans l'apprentissage du Tai Chi auprès de WANG Xi'an, maître de Tai Chi de la famille de CHEN. Il a aujourd'hui pour ambition d'enseigner le Tai Chi et de devenir ambassadeur pour la promotion de la culture chinoise. Mais à l'âge de 20 ans, alors qu'il faisait ses études au Canada, le film Tai Chi lui donna envie de devenir acteur et réalisateur.

Born in 1991, Shen Si began to follow Mr. Wang Xi'an, a Chen Style Taijiquan master, at the age of 9. His lifetime goal is to teach Taijiquan as an ambassador to promote Chinese culture. But in that year when he was 20 years old and studying in Canada, he chose to be an actor and director in a film named Taiji.

申思（陈氏太极拳老师）：因为马云，马总和我是一个太极拳师傅嘛，我们都是王（西安）老师的学生，然后当时是马总（马云）还有李连杰老师他们到陈家沟去跟我老师学太极拳。然后他就看到了我的这个照片，当时我还在加拿大读书，在温哥华读书。然后那个时候他们正好有这个想法，要拍一部关于太极的电影，所以就这样地联系上。

SHEN Si (professeur de Tai Chi de CHEN): MA Yun et moi avons été dirigés par le même professeur de Tai Chi, on est élèves du professeur WANG Xi'an. Quand MA Yun est allé avec Jet LI à Chenjiagou pour apprendre le Tai Chi auprès de mon professeur, il a vu une photo de moi. Je faisais alors mes études au Canada, à Vancouver. Et ils ont eu à ce moment-là l'idée de tourner un film sur le Tai Chi, et c'est pour cela qu'on s'est contactés.

Shen Si (Chen Style Taijiquan teacher): It was because of Mr. Ma Yun, who share the same Taijiquan master with me. Both of us are the students of Master Wang Xi'an. At that time, Ma Yun and Kung Fu star Li Lianjie came to Chenjiagou to learn Taijiquan from my teacher. Then he saw this picture of me, at that time, I was still studying in Vancouver, Canada. They had an idea to shoot a film about Taijiquan, thus we made acquaintances.

· 当时在电影《太极》剧组里，申思是剧组的太极拳顾问，他还出演了一个小角色，豆腐哥。但是他后来并没有选择从事电影，在经过其他行业的尝试后，他最终还是选择了太极拳。

Dans l'équipe de tournage du film *Tai Chi*, SHEN Si était conseiller de Tai Chi. D'ailleurs, il a joué un petit rôle, « frère de fromage de soja ». Toutefois, il n'a pas continué un métier cinématographique. Après avoir tenté sa chance dans d'autres domaines, il a finalement choisi le Tai Chi.

In the cast of the film Taiji, Shen Si was the Taijiquan Consultant. He also played a bit role called Brother Tofu. But later on he didn't take up show business as his career. After a few attempts in some other sectors, He finally came back to Taijiquan.

申思 陈氏太极拳老师
SHEN Si, professeur de Tai Chi de CHEN
Shen Si. Chen Style Taijiquan teacher

申思（陈氏太极拳老师）：我很难地去改变自己，去融入到演艺圈的那种比较复杂的一个环境。所以对我来说还是练拳简单、直接，大家以心交流，以心换心这样更直接一点比较好。

SHEN Si (professeur de Tai Chi de CHEN): J'ai bien du mal à changer ma nature pour m'intégrer dans le monde du spectacle, un milieu tellement complexe. Je préfère pratiquer le Tai Chi, plus simple et direct, où l'on échange cœur à cœur. C'est mieux.

Shen Si (Chen Style Taijiquan teacher): I felt difficult to change myself, to fit in the show business which is quite complicated. To me, practicing Taijiquan is simple and direct, we have heart to heart communications, this kind of sincerity is more direct and better.

法国巴黎

Paris, France

Paris, France

· 从 2016 年开始，申思受老师王西安的委派，开始到法国传授太极拳。

A partir de l'année 2016, soutenu par le maître WANG Xi'an, SHEN Si est allé en France pour enseigner le Tai Chi.

From 2016, Shen Si began to teach Taijiquan in France on the assignment of his teacher Wang Xi'an.

申思（陈氏太极拳老师）：其实每一次来法国，对我来说都感觉像是，另一个家一样的感觉。

SHEN Si (professeur de Tai Chi de CHEN): En fait, chaque fois que je viens à Paris, je me sens comme à la maison, ma seconde maison.

Shen Si (Chen Style Taijiquan teacher): In fact, each time I come to France, I feel like home, second home.

玛让　中文姓名金山　　Majean avec un nom chinois, JIN Shan　　Majean, her Chinese name is Jinshan

· 这位跟着申思练拳的洋学生，叫玛让，中文名字叫金山。她高中开始学习中文，不过她练习太极拳只是近 6 年的事情。

Cette dame qui apprend le Tai Chi avec SHEN Si s’appelle Majean. Elle porte aussi un nom chinois, JIN Shan. Elle a commencé à étudier la langue chinoise au lycée, mais elle ne pratique le Tai Chi que depuis 6 ans.

This foreign student, who is following, Shen Si to practice Taijiquan, is called Majean, and her Chinese name is Jinshan. She began to learn Chinese at high school, and she has been practicing Taijiquan for only six years.

玛让　中文姓名金山　　Majean avec un nom chinois, JIN Shan　　Majean, her Chinese name is Jinshan

玛让（中文姓名 金山）：我喜欢太极，我开始练太极，陈氏太极。

Majean (nom chinois, JIN Shan): J'aime le Tai Chi et j'ai commencé à pratiquer le Tai Chi, celui de la famille CHEN.

Majean(Jinshan): I like Taijiquan, so I start to practice Chen Style Taijiquan.

· 在指导金山练习太极拳结束后，申思将一只从中国带去的小小纪念风筝送给了金山。

Après avoir guidé JIN Shan dans sa pratique du Tai Chi, SHEN Si lui a offert un petit cerf-volant comme souvenir qu'il avait apporté de Chine.

After the training session, Shen Si gave Jinshan a souvenir kite that he brought from China.

申思
SHEN Si
Shen Si

玛让　中文姓名金山
Majean avec un nom chinois, JIN Shan
Majean, her Chinese name is Jinshan

申思（陈氏太极拳老师）：我们把风筝放飞到空中。

玛让：这是风筝。

申思：对，这是风筝。对中国人来说，风筝有传递情感和信息的意义，在中国非常地受欢迎，也是中国文化的一种象征。也是一份送给你的来自中国的特殊的礼物。

SHEN si (professeur de Tai Chi de CHEN) : On fait voler le cerf-volant.
Majean : Oui, c'est le cerf-volant !
SHEN si (professeur de Tai Chi de CHEN): Oui, c'est un cerf-volant. Pour les Chinois, c'est un symbole de transmission de message et d'émotion. C'est très populaire en Chine et c'est un attribut de la culture chinoise. C'est également un cadeau spécifique venant de Chine pour vous.

Shen si: Let's fly the kite in the sky.
Majean: This is kite.
Shen si: That's right. To the Chinese, a kite can express emotions and convey messages, so it is very popular in China; it's also a symbol of Chinese culture. And this is a special gift for you from China.

电影《风筝》片段　Extrait du film *Cerf-volant du bout du monde*　Clips of the Film *The Magic of the Kite*

电影《风筝》片段　Extrait du film *Cerf-volant du bout du monde*　Clips of the Film *The Magic of the Kite*

· 60 年前，中法没有建立外交关系之前，中法两国人民用电影《风筝》这个电影梦来寻找友谊。现在，中法建交 55 年后，申思用小小的风筝做为礼物，来表达他的友好。当然，中法两国人民这种自由的友好交流，已经是司空见惯的事情了。

申思
SHEN Si
Shen Si

玛让　中文姓名金山
Majean avec un nom chinois, JIN Shan
Majean, her Chinese name is Jinshan

Il y a 60 ans, avant l'établissement des relations diplomatiques sino-françaises, les deux peuples cherchaient de l'amitié à travers le film *Cerf-volant du bout du monde*. A l'occasion du 55e anniversaire de cet évènement historique, SHEN Si démontre sa sympathie et son amitié au moyen de ce petit cerf-volant offert en cadeau. Bien évidemment, ces échanges amicaux et libres entre les peuples sino-français se voient tous les jours.

Clips of the film *The Magic of the Kite* 60 years ago, before the establishment of China-France diplomatic relations, the peoples of China and France looked for friendship with the film *The Magic of the Kite*, 55 years after the establishment of China-France diplomatic relations, Shen Si expressed his kindness with a little kite as a gift. Of course these kind of free and friendly exchanges between the peoples of China and France are becoming very common nowadays.

场景 21

Scènes Scenes

看了电影《风筝》喜欢上法国并嫁到法国的王金华，她又有怎样的人生感悟？

WANG Jinhua, qui a éprouvé une attirance irrésistible pour la France en raison de la vue du film *Cerf-volant du bout du monde*, quel genre d'expérience de vie a-t-elle après s'être mariée en France ?

What was the life perception of Wang Jinhua, who was deeply fond of France and then married a Frenchman because of having watched the film *The Magic of the Kite*?

巴黎 Paris Paris

王金华 安进（王金华的儿子）
WANG Jinhua et son fils AN Jin
WANG Jinhua and An Jin, son of Wang Jinhua

2019 年 1 月 30 日 巴黎
王金华（旅法华人）：安进，太漂亮了。

Le 30 janvier 2019, Paris
WANG Jinhua (chinoise installée en France): AN Jin, ça c'est magnifique.

Paris January 30, 2019
Wang Jinhua: An Jin! It’s amazing!

· 她叫王金华，一进家门，她就将朋友从中国带来的风筝和儿子一起分享，来自祖国和家乡的小小风筝唤起了她浓浓的思乡情怀。

Elle s’appelle WANG Jinhua. Chez elle, elle a grand plaisir à montrer à son fils le cerf-volant qu’un ami lui a apporté de Chine. Ce petit cerf-volant venant de sa patrie lui évoque une certaine nostalgie de son cher pays natal.

She is Wang Jinhua, as soon as she arrived home, she could not help sharing the kite with her son, the kite was brought by a friend from China. This little kite from her hometown and motherland evoked her deep, nostalgic feelings.

王金华 旅法华人　WANG Jinhua, chinoise installée en France　Wang Jinhua, Chinese in France

王金华（旅法华人）：我是1992年来的，1992年11月16号来的，而且我就终身难忘吧，第一次跑出国，出国就一走就走这么远。

WANG Jinhua (chinoise installée en France): Je suis venue en 1992, le 16 novembre. Cette journée, je ne l'oublierai jamais. C'était la première fois que je quittais la Chine, surtout pour venir dans un pays aussi lointain.

I came to France in 1992, on the 16th of November, I will never forget that day. It was my first time to go abroad, but I didn't expect to leave home so far away.

也正是小时候看了中法合拍电影《风筝》，让中国姑娘王金华对法国情有独钟。27年前，他和一位法国小伙结婚，不久，她跟随丈夫到了法国，开始了在法国的生活和打拼。由于和丈夫在观念上的分歧越来越大，结婚10年后，她和丈夫分手。

C'est d'ailleurs une projection du film *cerf-volant du bout du monde* lorsqu'elle était enfant qui lui a procuré une attirance irrésistible pour la France. Il y a 27 ans WANG Jinhua s'est mariée avec un jeune français. Peu après elle l'a suivi pour venir vivre en France. Mais leurs points de désaccord ont augmenté, ce qui a conduit à leur divorce après 10 ans d'union.

Just because she watched the Sino-French co-produced film *The Magic of the Kite* when she was a kid, Wang Jinhua was deeply fond of France. 27 years ago, she got married with a French young man and soon after she came to France with her husband, starting her life and striving in France. Due to the increasing differences in views and belief with her husband, she divorced and ended her 10-year long marriage.

· 王金华（旅法华人）：就是压力越大我反弹越大，在我的生活当中，我不相信"我不行"这三个字。

WANG Jinhua (chinoise installée en France) :Plus la pression est forte, plus mon rebond est important. Dans ma vie, je ne crois pas à ces mots Je n'y arrive pas.

Wang Jinhua (Chinese in France) : The greater the pressure, the more resilient I become, I never say "I am not able to" in my life.

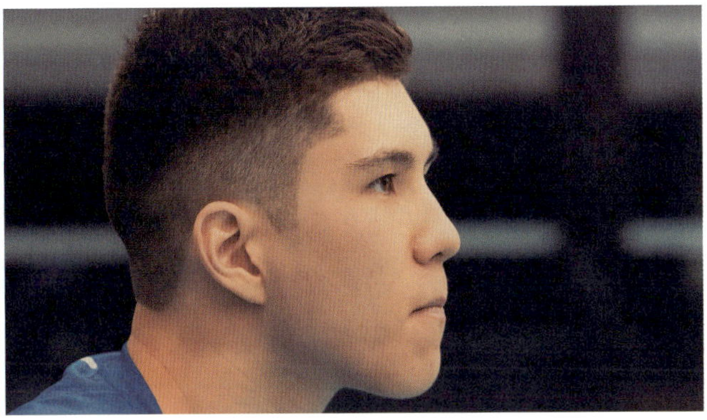

安进　王金华的儿子　　AN Jin, fils de WANG Jinhua　　An Jin, son of Wang Jinhua

· 16 年前，王金华带着儿子来到巴黎 . 目前，王金华的儿子安进已经 19 岁了，刚高中毕业，他每月都有排球训练课，有时间王金华就会去看儿子打球。

WANG Jinhua vit avec son fils à Paris. AN Jin a maintenant 19 ans. Il vient de terminer le lycée. Chaque mois il a des entrainements de volleyball. WANG Jinhua a du temps, elle va voir son fils jouer.

16 years ago, Wang Jinhua moved to Paris with her son. Now, the boy is 19 years old and just graduated from high school. Every month he's got volleyball training course, Wang Jinhua would come to watch him play volleyball if she was not busy.

· 安进（王金华的儿子）：很多人从各地来，在法国，人们都是用同样的方式欢迎各地的人。

AN Jin (fils de WANG Jinhua) :Il y a plusieurs chinois dans l'équipe, d'ailleurs parce qu'il y a beaucoup de personnes qui viennent de partout. En France on accueille tout les visiteurs de la même manière.

An Jin (son of Wang Jinhua): Many people come from all over the country. In France, people welcome visitors with the same pattern.

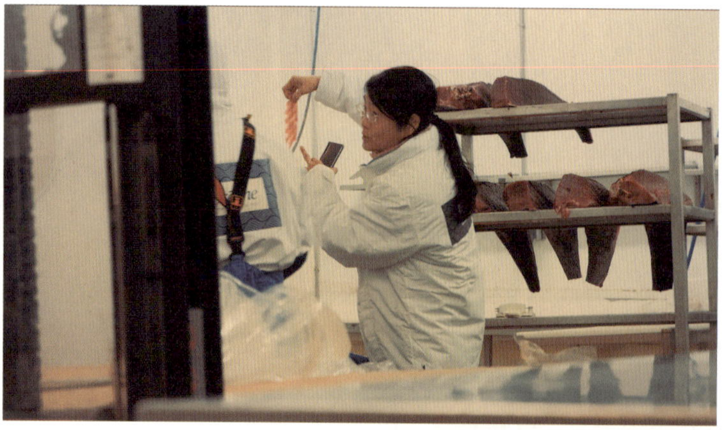

王金华 旅法华人
WANG Jinhua, chinoise installée en France
Wang Jinhua, Chinese in France

· 通过不断学习，不断进步，王金华也先后在 4 家公司工作，她现在是一家水产公司的高级管理人员，由于冷冻食品的发货都是在晚上，她也时常会去现场看看。

Tout en continuant à apprendre pour faire des progrès, WANG Jinhua a travaillé successivement dans 4 entreprises. Actuellement elle travaille comme manager de haut niveau dans une société de fruits de mer.

Through constant learning and progress, Wang Jinhua worked in four companies and now she is a senior staff in a fishing company. As the delivery of frozen food is always done in the evening, she goes to the spot from time to time.

王金华（旅法华人）：我们这家公司就是说，嗯，现在大概有 150 个员工的样子，其中大概有六七个是中国人，所以就是说咱们中国人在法国的融入是挺成功的。而且我们这个公司的老板就是说，我就喜欢亚洲人，他说亚洲人，尤其是中国人有一种不屈不挠的精神，就是特别能吃苦，特别能干，我作为中国人，很骄傲、很自豪地在这个公司工作。

WANG Jinhua (chinoise installée en France) : Notre entreprise compte environ 150 employés dont 6 ou 7 chinois. Cela prouve que les Chinois s'intègrent bien dans la société française. Et notre patron affirme qu'il aime les Asiatiques. Il a dit que les Asiatiques, surtout les chinois possèdent un esprit indomptable, qu'ils sont particulièrement laborieux et persévérants. En tant que Chinoise, je suis très fière de travailler dans cette entreprise.

There are about 150 staff members in this company, among them six or seven are Chinese, which indicates that we Chinese have successfully merged to the local society. And the boss of the company often says: I like Asians. He said the Asians, especially the Chinese had an indomitable spirit, enduring and resilient, as a Chinese I'm very proud to work in this company.

那您现在幸福快乐吗?

Vous êtes heureuse ?

Are you happy now?

王金华 旅法华人　　WANG Jinhua, chinoise installée en France　　Wang Jinhua, Chinese in France

王金华（旅法华人）：我挺快乐的，因为我想做的事情我努力了，我也做成了，或者说是有些基本上是做成了，我就觉得这就是人生的幸福。

WANG Jinhua (chinoise installée en France): Bien sûr je suis heureuse, car j'ai donné mes efforts aux choses que je veux faire et j'ai réussi, ou presque réussi. Je trouve que c'est le bonheur dans la vie.

Wang Jinhua (Chinese in France) :I'm quite happy, because I tried to do what I had wanted to, and I succeeded, or almost succeeded, I think this is the happiness of life.

场景 22

Scènes Scenes

选择在中国云南昆明生活的法国人马丁，一家人的生活状态是怎样的呢?

Martin, un Français qui a choisi de vivre à Kunming dans la province du Yunnan, quel est l’état de vie de sa famille ?

How was the life of the Frenchman Martin and his family, who had chosen to live in Kunming, Yunnan Province of China?

2018 年 12 月 3 日 中国云南元谋县物茂乡

Le 3 décembre 2018, commune de Wumao, comté de Yuanmou, province du Yunnan, Chine

Wu Mao Town, Yuanmou County, Yunnan Province, China

December 3, 2018

马丁
Martin
Martin

· 他叫马丁，法国人，今年 42 岁，2005 年他来到中国。从 2017 年开始，每个月他至少要三次来到位于云南省元谋县的物茂乡，由于这里的气候适宜树莓的种植，他在这里有两个种植基地，眼前的树莓是他从西班牙引进新的技术种植的。

Il s'appelle Martin, un Français de 42 ans. Il est arrivé en Chine en 2005. Depuis 2017 il vient au moins trois fois par mois à la commune de Wumao, comté de Yuanmou de la province du Yunnan. Grâce à un climat convenable pour la plantation des framboises, il y exploite deux plantation de base. La framboise devant nous, a été cultivée par ses soins en utilisant une nouvelle technologie espagnole.

He is Martin, French, 42 years old, he came to China in 2005. Since 2017, every month he would come to Wu Mao Town of Yuanmou County, Yunnan Province at least three times, because the climate here is suitable for planting raspberries and he has two plantations here. The raspberries are planted with the new technology that he introduced from Spain.

—你看，我觉得你放的种子不够。
这个密度不好，
还有很多草，这个是叫什么名字?
—满天星。
—这个草很坏，我不喜欢这个草。

-Tu vois, je pense que tu n'as pas semé assez de grains. La densité n'est pas bonne et il y a encore beaucoup d'herbes.
-Comment ça s'appelle ?
-Gypsophile paniculée.C'est une espèce de mauvaises herbes. Je ne l'aime pas.

-Look, I think the amount of seeds is not enough.
The density is not good.
Too much weed and grass.
What is this called?
-Gypsophila.
-This is not good. I don't like it

马丁　　Martin　　Martin

· 懂技术的马丁，种植的树莓现在主要是出口国外，他现在不仅事业在中国做得越来越大，还在昆明找到了自己心爱的人。

En tant qu'expert technique apprécié, Martin exporte la plupart des framboises vers des pays étrangers. Ses affaires se développent davantage en Chine, et il a trouvé à Kunming sa bien-aimée !

Martin is a technical expert, his raspberries are mainly exported abroad. While his business in China is developing rapidly, he found his soul mate in Kunming as well.

马丁 妻子　　Épouse de Martin　　Wife of Martin

马丁妻子：我来昆明是想学中文和传统的中医，昆明的地方不大，我们有一些共同的朋友，在那里，我认识了马丁。

Épouse de Martin : Je suis venue à Kunming pour étudier le chinois et la médecine traditionnelle chinoise, Kunming, c'est pas une grande ville. On a quelques amis français en commun, et puis j'ai rencontré Martin.

Wife of Martin: I came to Kunming to learn Chinese and traditional Chinese Medicine, Kunming is not a big city and we have some common friends, then I met Martin.

—真棒，妈妈也来了。

-Oui, bravo. Maman est aussi là.

-Marvelous! Mom is also here.

· 这是马丁的妻子和马丁的父母到幼儿园去接 4 岁儿子马克时的情景。现在，马丁一家已经落户到了中国云南昆明。从 2011 年，也就是 8 年前，马丁的父母也每年都要到昆明儿子这里生活 5 个月，自中法两国建交 55 年来，像马丁一样的法国人，来到中国安家落户的人也越来越多。

Aujourd'hui ce sont l'épouse et les parents de Martin qui viennent chercher son fils Marc au jardin d'enfants. Maintenant la famille de Martin est bien installée à Kunming, dans le Yunnan. Depuis 2011 les parents de Martin viennent chaque année à Kunming passer 5 mois chez leur fils. Après l'établissement des relations diplomatiques sino-françaises il y a 55 ans, beaucoup de français font comme Martin, ils s'installent en famille en Chine, et sont de plus en plus nombreux !

This is the moment when Martin's parents and wife have come to the kindergarten to pick up his 4-year old son Marc, now Martin and his family have settled down in Kunming of Yunnan province, China. From 2011, that was 8 years ago, every year Martin's parents would come to live with their son for five months. Since the establishment of diplomatic relations between China and France, more and more French people have come to settle down in China like Martin.

场景 23

Scènes Scenes

选择在中国落户、生活的法国人：格雷、艾瑞克和夫人沙妙、Sebastien SCHULLER 和他的爱人玉新拉

Les français qui ont choisi de s’installer et de vivre en Chine : Greg, Eric et son épouse SHA Miao, Sébastien Schuller et son aimée Yu Xinla.

French people who chose to settle down and live in China: Greg, Eric and his wife Sha Miao, Sebastien Schuller and his wife Wang Xinla.

格雷　法国人　现生活在西双版纳

Greg, un Français, habite à Xishuangbaina

Gray, French, lives in Xishuangbanna, Yunnan Province

格雷 法国人 现生活在西双版纳

Greg, un Français, habite à Xishuangbaina.

Gray, French, lives in Xishuangbanna, Yunnan Province.

法国人艾瑞克和夫人沙妙在西双版纳

Eric, un Français et son épouse SHA Miao, sont également à Xishuangbaina

Eric (French) and his wife live in Xishuangbanna, Yunnan Province

法国人艾瑞克和夫人沙妙在西双版纳

Eric, un Français et son épouse SHA Miao, sont aussi à Xishuangbaina.

Eric(French) and his wife live in Xishuangbanna, Yunnan Province.

法国人 S é bastien Schuller 和爱人玉新拉在西双版纳

Sébastien Schuller, un Français et son épouse Yu Xinla, vivent à Xishuangbaina

Sebastien SCHULLER(French)and his wife live in Xishuangbanna, Yunnan Province

法国人 Sébastien Schuller 和爱人王新拉在西双版纳

Sébastien Schuller, un Français et son épouse Yu Xinla, vivent à Xishuangbaina.

Sebastien SCHULLER(French)and his wife live in Xishuangbanna, Yunnan Province.

场景 24

Scènes Scenes

因为看了电影《风筝》，而喜欢上中国的法国电视制作人义夫·罗诺瓦，讲述他和中国的故事。

Le producteur de télévision français Yves Launoy, qui a développé un amour pour la Chine après avoir vu le film *Cerf-volant du bout du monde*, raconte son histoire avec la Chine.

The French TV producer Yves Launoy, who had watched the film *The Magic of the Kite* and then was fond of China, told the story about him and China.

2019 年 4 月 27 日 秦皇岛长城

Le 27 avril 2019, Grande Muraille à Qinhuangdao

The Great Wall in Qinhuangdao, April 27, 2019

秦皇岛长城　　Grande Muraille à Qinhuangdao　　The Great Wall in Qinhuangdao

义夫・罗诺瓦
《城市之间》制片人

Yves Launoy, producteur d' *Intervilles*

Yves Launoy,producer of *Intercities*

义夫·罗诺瓦（《城市之间》制片人）：太棒了，这都是两千年前人们建筑的，太雄伟了，这就是中国，祝贺中国。

Yves Launoy (producteur d' *Intervilles*): Extraordinaire. Ce que les gens il y a 2000 ans ont fait, c'est exceptionnel. C'est la Chine. Bravo ! China !

Yves Launoy(producer of Intercities): Marvelous! It was built two thousand years ago, magnificent! This is China, congratulations to China.

· 他叫义夫 · 罗诺瓦，1949 年出生，已经 70 岁的义夫 · 罗诺瓦在考察长城，准备拍摄关于长城的电视节目。他已经很多次来过中国，但是让他萌发来中国的愿望，却是 1958 年，他 9 岁的时候所看的一部电影。

Yves Launoy, né en 1949, est en train d'inspecter la Grande Muraille pour se préparer à tourner une émission. Il est venu mille fois en Chine, mais son envie primitive de venir en Chine vient d'un film qu'il avait vu en 1958 lorsqu'il avait 9 ans.

His name is Yves Launoy, born in 1949. Yves Launoy, at the age of 70, was visiting the Great Wall, preparing for a TV show of it. He has come to China many times, but what made him to come to China was a film he watched in 1958 at the age of nine.

义夫·罗诺瓦
《城市之间》制片人

Yves Launoy, producteur d' *Intervilles*

Yves Launoy,producer of *Intercities*

义夫·罗诺瓦(《城市之间》制片人):我9岁时,发现了一部电影,一部儿童电影《风筝——在世界的尽头》,讲述的是中法孩子间美好的故事。

Yves Launoy (producteur d' *Intervilles*): Dès 9 ans, j'ai découvert un film, un film pour enfants qui s'appelle *Cerf-volant du bout du monde*, c'est une belle histoire entre les enfants de France et les enfants de Chine.

When I was nine, I went to see a film, it was a film of children *The Magic of the Kite*, which told the memorable stories of children from both China and France.

电影《风筝》片段　Extrait du film *Cerf-volant du bout du monde*　Clips of the Film *The Magic of the Kite*

—啊，他是找宋小青的。
—是的，宋小青。

-Ah, il est venu pour chercher SONG Siao Tsing.
-C'est lui, SONG Siao Tsing.

-He is looking for Song Xiaoqing.
-Yes, Song Xiaoqing.

义夫·罗诺瓦（《城市之间》制片人）：当时我就想，将来有一天说不定我也能去中国，但是，那是在 1958 年，没有太多的交通工具，只有飞机，而我只是一个 9 岁的孩子。

Yves Launoy (producteur d' *Intervilles*) : A cette époque, je me dit qu'un jour, peut-être, j'irais en Chine. Mais c'était en 1958, il n'y avait pas beaucoup de moyens de transport. Il fallait prendre l'avion, et puis je n'avais que 9 ans.

Yves Launoy (producer of Intercities)
At that time I was thinking that someday I might be able to go to China, but it was 1958, not so much transportation except for airplanes, and I was only a child of nine.

哎，快点走！

Ben, dépêchez-vous !

Hey, hurry up!

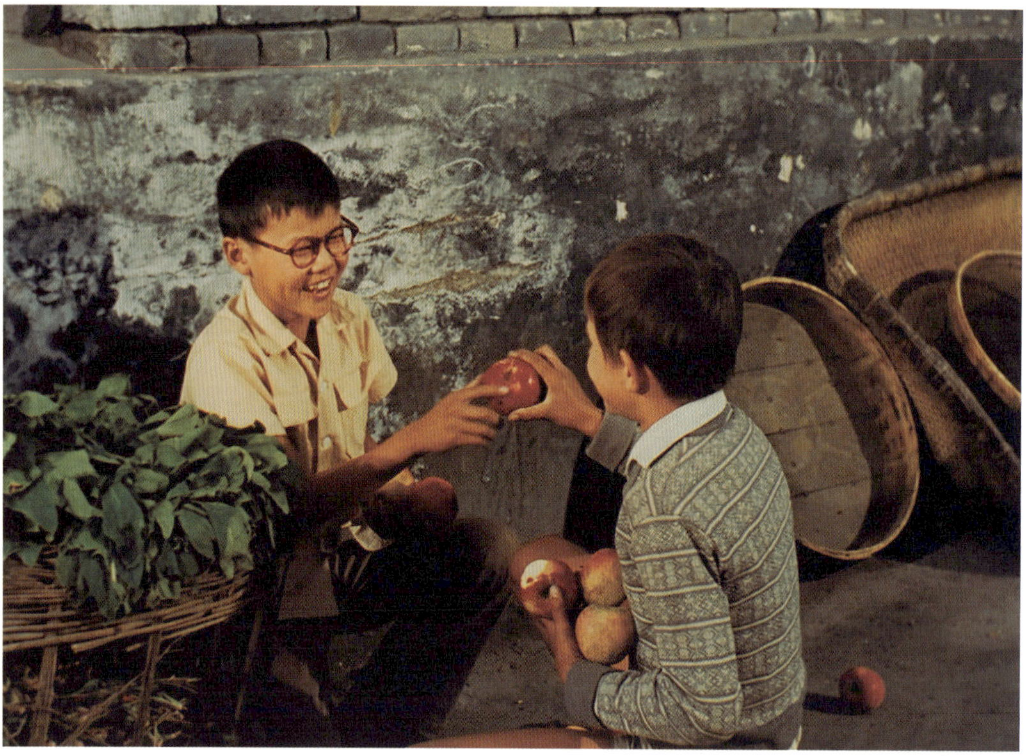

电影《风筝》片段 Extrait du film *Cerf-volant du bout du monde* Clips of the Film *The Magic of the Kite*

· 中法合拍电影《风筝》在法国的名字叫做《风筝——在世界的尽头》，1998 年，也就是义夫 · 罗诺瓦在看了这部电影 40 年后，由于同中国中央电视台合作大型趣味体育竞技节目《城市之间》，这位法国著名的电视节目制作人第一次来到中国，从此之后，他大多数时间拍摄的都是关于中国题材的节目，至今他都记得 1999 年，也就是 21 年前，他制作的一期《城市之间》的特别节目。

Le film coproduction franco-chinois *Cerf-volant* se nomme *Cerf-volant du bout du monde*. En 1998, 40 ans après d'avoir vu ce film, le producteur français de télévision Yves Launoy est venu pour la 1ère fois en Chine. C'est alors qu'il fut décidé de coproduire son émission célèbre *Intervilles* avec CCTV. Depuis lors, la plupart du temps, il tourne des émissions sur des sujets chinois. Il se souvient parfaitement de l'an 1999, il y a 21 ans, un numéro de programme spécial *Intervilles*, qu'il a produit.

This Sino-French co-produced film had a French name The Kite-at the End of the World in France. In 1998, 40 years after he watched the film, for the cooperation of a large-scale athletic TV show Intercities with Chinese CCTV, This famous French TV Program Producer came to China for the first time. Ever since then, he spent most of his time in making TV programs about China. Up till now, he still remembers the first TV special of Intercities in 1999, which was 21 years ago.

义夫·罗诺瓦和《城市之间》中方工作人员合影

Yves Launoy pris enphoto avec des membres chinois d' *Intervilles*

Yves Launoy with Intercities Beijing-Paris working staff

义夫·罗诺瓦（《城市之间》制片人）：为了庆祝中华人民共和国成立五十周年，我们决定做一期，当时没有人能想到的，一场大的直播的节目《北京巴黎特别节目》。

Yves Launoy (producteur d' *Intervilles*) : Pour célébrer les 50 ans anniversaire de la fondation de la République populaire de Chine, nous avons décidé de faire un numéro de programme spécial, que personne ne pensait pouvoir faire, une émission en direct à grande échelle, *Paris et Pékin programme spécial.*

Yves Launoy (producer of Intercities):To celebrate the 50th anniversary of the Founding of the People's Republic of China, we decided to make a TV Special, nobody could expect that, a large-scale live TV show Intercities Beijing-Paris Special.

《城市之间》北京－巴黎　*Intervilles* Paris - Pékin　*Intercities* Beijing-Paris Special

·《城市之间》片段：现在我们是在法国巴黎，万圣城堡广场转播《城市之间—北京巴黎》的比赛，这次比赛是由法国电视一台和中央电视台联合举办，并由法国电视一台和中央电视台同时转播的。

Extrait de l'émission d' *Intervilles* : Maintenant on est à Paris en France, sur la Place du Château de Vincennes pour diffuser la compétition en direct d'«Intervilles - Paris et Pékin ». Cette émission est organisée par TF1 et CCTV, est diffusée sur TF1 et CCTV en même temps.

Clips of Intercities
Now we are in Paris, France, broadcasting the competition of Intercities Beijing-Paris Special from Vincennes Castle Square. This competition was co-sponsored and broadcasted simultaneously by TF1 and CCTV

义夫·罗诺瓦：我们在巴黎做了直播的北京巴黎特别节目，北京的选手来了，和巴黎的选手一起，那是一个美好的晚会，是中法电视的首次联合直播，两个半小时的时长，很成功，太好了！

Yves Launoy (producteur d' *Intervilles*) :Et nous avons fait à Paris un direct : Paris et Pékin avec les équipes de Pékin qui sont venues et l'équipe de Paris. Merveilleuse fête. C'était la première émission en direct co-produit par la Chine et la France,qui a duré 2h30, une énorme réussite. C'était formidable.

Yves Launoy (producer of Intercities):We live broadcasted the Beijing-Paris Special program in Paris, players from Beijing came, got together with the players from Paris, that was a wonderful party, the first joint live broadcast lasted for two and half hours. It was very successful, awesome!

·《城市之间》是中法合拍的第一个电视节目，这一成功实践，让9岁时，因为观看寻找友谊、寻找朋友为主题的中法合拍电影《风筝》，从而喜欢并热爱上中国的义夫·罗诺瓦非常自豪，并让他明白了中法两国人民是可以成为好朋友的。

Intervilles fut le 1er programme télévisé coproduit par la Chine et la France. Ce succès rendit Yves Launoy très fier, qui eut vu le film *Cerf-Volant du bout du monde* alors qu'il n'avait que 9 ans, le sujet du film, c'est de l' amitié et les amis. À la suite de cette découverte, Yves Launoy a développé peu à peu un amour ardent pour la Chine. Il s'est rendu compte que les deux peuples sino-français pourront devenir de bons amis.

Intercities was the first TV program co-produced by China and France. Its success made Yves Launoy very proud, who watched the Sino-French co-produced film *The Magic of the Kite* at the age of nine, the subject of the film was about friendship and friends. Because of that, Yves Launoy gradually developed an ardent love for China. He realized that the two peoples of China and France could become true friends.

义夫·罗诺瓦（《城市之间》制片人）：通过电影《风筝》我了解了你们的一部分文化，《城市之间》节目给我充分的证明，那就是我们两国人民是可以成为朋友的。这是中法两国第一次电视合作，这很重要。

Yves Launoy (producteur d' *Intervilles*): J'avais découvert une partie de votre culture, en profitant du film de *Cerf-volant*. *Intervilles* m'a complètement confirmé que les deux peuples ne pouvaient être qu'amis. C'est la première co-production de télévision que nous avons eue entre nos deux pays. C'est très important.

Yves Launoy (producer of Intercities):Through the film *The Magic of the Kite*, I got some idea about your culture, intercities program showed clearly that the Chinese people and the French people could become good friends. This was the first Sino-French TV cooperation, it was very important.

场景 25
Scènes Scenes

电影《风筝》的元素被搬上了“第九届北京国际电影节”开幕式。法国演员苏菲·玛索为什么会来中国?

Les éléments du film *Cerf-volant du bout du monde* sont utilisés lors de la cérémonie d’ouverture du 9e Festival International du Film de Pékin. Pourquoi l’actrice française Sophie Marceau est-elle venue en Chine ?

The elements of the film *The Magic of the Kite* was fitted in the Opening Ceremony of the 9th Beijing International Film Festival. Why did the French actress Sophie Marceau come to China?

第九届北京国际电影节开幕式片段

Extrait de la cérémonie d'ouverture de la 9e édition du Festival International du Film de Pékin

Opening ceremony of The 9th Beijing International Film Festival

欢迎来到第九届北京国际电影节开幕式

Bienvenue à la cérémonie d'ouverture de la 9e édition du Festival International du Film de Pékin

Welcome to attend the 9th Beijing International Film Festival

男孩：请问你认识这只风筝吗?

Garçon : Connaissez-vous ce cerf-volant ?

Boy : Do you know this kite?

第九届北京国际电影节开幕式片段唱歌：这夜晚看群星闪耀。

Chanson sur la cérémonie d'ouverture de la 9e édition du Festival International du Film de Pékin : les étoiles brillent cette nuit.

Singing at the Opening Ceremony: The stars flashing in the evening.

第九届北京国际电影节开幕式片段

Extrait de la cérémonie d'ouverture de la 9e édition du Festival International du Film de Pékin

Opening ceremony of The 9th Beijing International Film Festival

· 2019 年 4 月 13 日晚，由国家电影局指导、中央广播电视总台和北京市人民政府主办的“第九届北京国际电影节”在北京怀柔区国家中影数字制作基地开幕，新中国第一部合拍电影《风筝》的元素被搬上了开幕式。

Au soir du 13 avril 2019, organisée par le Bureau National du Film, China Media Group et la municipalité de Pékin, la 9e édition du Festival International du Film de Pékin s'est ouverte. À la Base nationale de production numérique de films chinois, District de Huairou, Pékin. Des éléments du film *Cerf-volant du bout du monde* ont été utilisés de manière graphique et numérique très originale lors de la cérémonie d'ouverture du Festival.

On the evening of April 13, 2019, the 9th Beijing International Film Festival, under the guidance of China Film Administration and co-sponsored by China Media Group and Beijing Municipal Government, opened in the State Production Base of China Film Group, Huairou District of Beijing. Elements of the first co-produced film *The Magic of the Kite* was fitted in the Opening Ceremony.

苏菲·玛索 著名演员　　Sophie Marceau, célèbre actrice française　　Sophie Marceau, famous actress

苏菲·玛索 著名演员 Sophie Marceau, célèbre actrice française Sophie Marceau, famous actress

苏菲·玛索（法国演员）：我跟随着美丽的风筝来到了中国，电影就是一次旅行，它带我们到一个新的地方，能够相遇其他的人，让人们更加互相了解，更多地进行交流，这就是北京电影节今晚告诉我们的，会有许多艺术家从世界各国而来。

Sophie Marceau (actrice française) : J'ai suivi un magnifique cerf-volant qui m'a amenée jusqu'à vous ici en Chine. Le cinéma est un voyage. C'est un moyen de circuler, de rencontrer les autres, de mieux se connaître et d'échanger nos expériences de vie. C'est ce que le Festival de Pékin nous dit ce soir en recevant de nombreux artistes, venant du monde entier.

Sophie Marceau (French Actress): I followed the beautiful *kite* to China, a film is a journey and it takes us to a new place, encounter other people, enable us to know each other and communicate, this is what Beijing Film Festival had told us, many artists will join us from countries all over the world.

场景 26

Scènes Scenes

2019 年 4 月 17 日，希尔维娅娜·罗森博格和他的丈夫罗森博格先生一起来到中国，他们在当年的北京拍摄地故地重游。

Le 17 avril 2019, Sylviane Rozenberg et son mari M. Rozenberg sont venus ensemble en Chine. Ils ont revisité les lieux du tournage du film à cette époque.

On April 17, 2019, Sylviane Rozenberg arrived in China, together with her husband Mr. Rozenberg. They visited the places where the film had been shot at that time.

北京首都机场 T3 航站楼
Terminal 3 à l'Aéroport Capital de Pékin
Terminal 3, Beijing Capital International Airport

字幕：2019 年 4 月 17 日 北京首都机场 T3 航站楼

Le 17 avril 2019, Terminal 3 à l'Aéroport Capital de Pékin

Terminal 3, Beijing Capital International Airport, April 17, 2019

希尔维娅娜·罗森博格和他的丈夫罗森博格
Sylviane Rozenberg et son mari M. Rozenberg
Sylviane Rozenberg arrived in China with her husband Mr. Rozenberg

· 2019 年 4 月 17 日，中法合拍电影《风筝》中法国小女孩尼可尔的饰演者演希尔维娅娜 · 罗森博格，和他的丈夫罗森博格先生一起来到中国。这是饰演电影《风筝》角色 60 多年后，希尔维雅娜第一次来到中国。

北京 Pékin Beijing

Le 17 avril 2019, pour le film *Cerf-volant du bout du monde*, Sylviane Rosenberg, qui a incarné la petite fille Nicole, et son mari M. Rosenberg sont venus ensemble en Chine. Plus de 60 ans après le tournage du film, Sylviane est venue encore une fois en Chine.

On April 17, 2019, Sylviane Rozenberg who played Nicole in the co-produced film *The Magic of the Kite*, arrived in China, together with her husband Mr. Rozenberg. This is her first time to return to China since she played a role in the film more than 60 years ago.

北京北海公园　　Parc Beihai à Pékin　　Beihai Park, April

2019 年 4 月 17 日　北海公园

Le 17 avril 2019, le parc de Beihai

Beihai Park April 17, 2019

电影《风筝》片段　Extrait du film *Cerf-volant du bout du monde*　Clips of the Film *The Magic of the Kite*

希尔维娅娜·罗森博格（尼可尔的饰演者）：宋小青，宋小青。

Sylviane Rozenberg (Nicole) : Allô allô... SONG Siao Tsing, SONG Siao Tsing.

他就是宋小青。

C’est lui, SONG Siao Tsing.

刘祥生和希尔维娅娜・罗森博格

LIU Xiangsheng et Sylviane Rozenberg

Liu Xiangsheng and Sylviane Rozenberg

刘祥生（宋小青的饰演者）：这写的中国少年儿童水电站，这还有一个标志，后来改饭店了，饭店停了，就变成一个商业的，搞商业的。

希尔维娅娜·罗森博格（尼可尔的饰演者）：太多的回忆了。

LIU Xiangsheng (SONG Siao Tsing) :C'est écrit « Centrale hydroélectrique pour enfants » avec un signe par ici. Par la suite, elle a été transformée en restaurant, puis un truc commercial, quelque chose de commercial.

Sylviane Rozenberg (Nicole) : Que de souvenirs !

Liu Xiangsheng(Song Xiaoqing) : It was marked China Young Pioneers hydropower station and there was a sign there. Later on, it was renovated to a restaurant, after it was closed, then it became a business shop.

Sylviane Rozenberg(Nicole): Too many memories.

刘祥生和希尔维娅娜·罗森博格

LIU Xiangsheng et Sylviane Rozenberg

Liu Xiangsheng and Sylviane Rozenberg

2019 年 4 月 18 日 北京天坛

Le 18 avril 2019, le Temple du ciel à Pékin

The Temple of Heaven in Beijing April 18, 2019

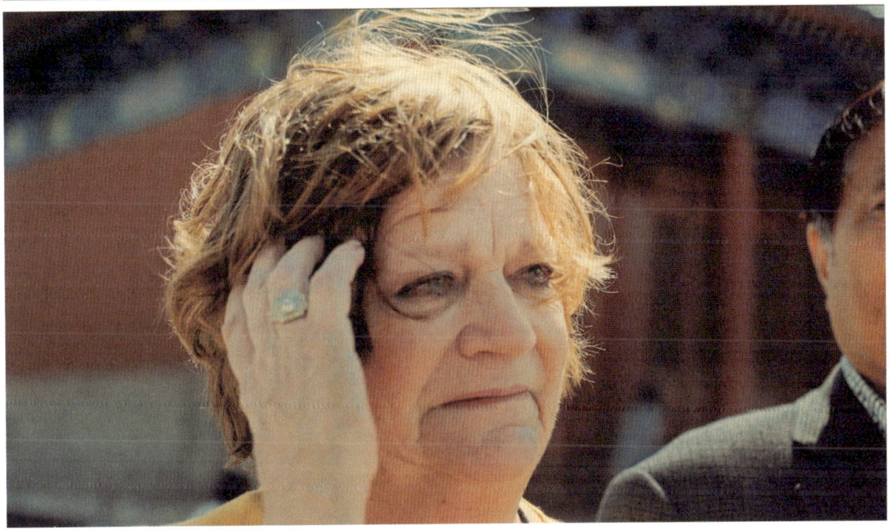

希尔维娅娜·罗森博格（尼可尔的饰演者）：太壮观了。

刘祥生（宋小青的饰演者）：还记得吗？还记得吗？

那时我们还是孩子呢。

希尔维娅娜·罗森博格：这是一座多么美丽的建筑啊！我很激动，很激动。

刘祥生：六十年了。

希尔维娅娜·罗森博格：很激动。

刘祥生：那时候我们还是孩子呢。

希尔维娅娜·罗森博格：很感动，六十年后我又回到了这里。

电影《风筝》片段　Extrait du film *Cerf-volant du bout du monde*　Clips of the Film *The Magic of the Kite*

刘祥生和希尔维娅娜·罗森博格　LIU Xiangsheng et Sylviane Rozenberg　Liu Xiangsheng and Sylviane Rozenberg

Sylviane Rozenberg (Nicole) : C'est magnifique.

LIU Xiangsheng (SONG Siao Tsing) : Vous vous en souvenez? Vous vous en souvenez? A ce moment-là nous étions enfants.

Sylviane Rozenberg (Nicole) : C'est un très très beau monument. Je suis très émue, très émue.

LIU Xiangsheng (SONG Siao Tsing) : 60 ans !

Sylviane Rozenberg (Nicole) : Je suis très émue.

LIU Xiangsheng (SONG Siao Tsing) : A ce moment-là nous étions enfants.

Sylviane Rozenberg (Nicole) : C'est émouvant, je reviens 60 ans après.

Sylviane Rozenberg : It is Spectacular!

Liu Xiangsheng : Do you still remember it? We were kids at that time.

Sylviane Rozenberg : How magnificent it is! I am excited, very excited.

Liu Xiangsheng : 60 years passed.

Sylviane Rozenberg : very excited.

Liu Xiangsheng : We were all kids.

Sylviane Rozenberg : I am deeply touched. I came back after 60 years.

场景 27

Scènes Scenes

电影《风筝》中方导演王家乙的女儿一家宴请当年的法国小演员及家人，延续跨越 60 年的友谊。

La famille de la fille de WANG Kia-Yi, réalisateur chinois du film *Cerf-volant du bout du monde*, prépare un festin familial pour accueillir les acteurs français et leur famille, qui jouaient dans le film lorsqu’ils étaient tous petits, et continuer l’amitié qui dure 60 ans.

The daughter of the Chinese director Wang Jiayi of the film *The Magic of the Kite* and her family entertained the actor□ actress and their family, who had played roles in the film while young, continuing with the friendship that had been lasting for 60 years.

王家乙女儿王晓莲家宴

Festin familial de WANG Xiaolian, fille de WANG Kia-Yi

Family dinner hosted by Wang Xiaolian, daughter of Director Wang Jiayi

2019 年 4 月 18 日晚　王家乙女儿王晓莲家宴

Le soir du 18 avril 2019, festin familial de WANG Xiaolian, fille de WANG Kia-Yi

Family dinner by Wang Xiaolian, daughter of Director Wang Jiayi
On the evening of April 18, 2019

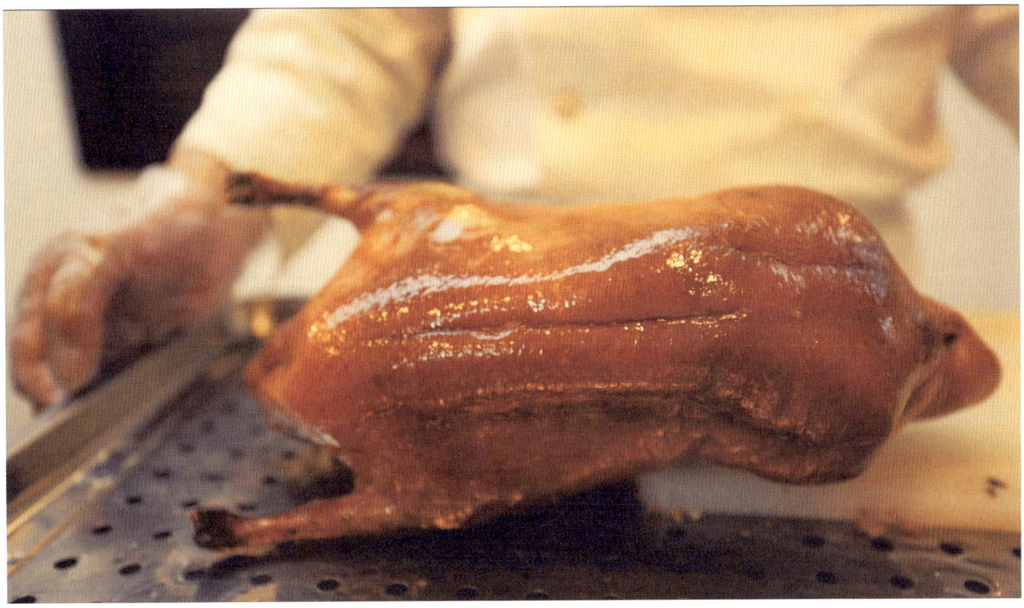

烤鸭　　Canard laqué　　Roasted Duck

张仲伟（王家乙女婿）：我们今天举行一个家宴，第一个是欢迎你们到来，第二也是续了60年前那种中法人民两国的友谊，感谢大家，欢迎你们来。

芥末白菜　　Chou à la moutarde　　Mustard cabbage

ZHANG Zhongwei (gendre de WANG Kia-Yi) :
Nous vous avons préparé un festin familial, d'abord pour vous accueillir, puis pour continuer l'amitié établie il y a 60 ans entre nos deux peuples. Merci à tous et encore une fois bienvenue !

Zhang Zhongwei(son-in-law of Wang Jiayi): Today we are having a family dinner to welcome you and renew the friendship of the two peoples of China and France, thank you and welcome.

王晓莲（王家乙的女儿）：欢迎你。

WANG Xiaolian (fille de WANG Kia-Yi) : Bienvenue !

WANG Xiaolian （daughter）: Welcome.

希尔维娅娜·罗森博格　　Sylviane Rozenberg　　Sylviane Rozenberg

·电影《风筝》导演王家乙的女儿王晓莲、女婿张仲伟一家人用家宴的方式隆重欢迎并接待了来自法国的尼可尔的饰演者希尔维娅娜·罗森博格夫妇和宋小青的饰演者刘祥生。60年前，他们的父辈用电影梦的方式寻找中法人民之间友谊，60年后，也是中法两国正式建交55年后，中法两国人民的交往和友谊从梦想早已成为了现实。

WANG Xiaolian, fille du réalisateur WANG Kia-Yi du film *Cerf-volant du bout du monde* et son mari ZHANG Zhongwei ont organisé très chaleureusement un festin familial pour l'actrice française Madame Rozenberg et son mari, et pour l'acteur chinois LIU Xiangsheng. Il y a soixante ans, leur génération a voulu prouver, à travers la mise en scène d'un film, le lien d'amitié entre les Chinois et les Français. 60 ans plus tard, avec l'établissement officiel des relations diplomatiques entre la Chine et la France qui s'ensuivit, ces formidables échanges réguliers d'amitié franco-chinoise sont passés du rêve à la réalité.

Wang Jiayi was the Chinese director of the film *The Magic of the Kite*. With a family dinner, his daughter Wang Xiaolian and his son-in-law Zhang Zhongwei warmly welcomed and entertained Sylviane Rozenberg who played Nicole and her husband, and Liu Xiangsheng who played Song Xiaoqing. 60 years ago, the elder generation in the form of film, sought the friendship between the peoples of China and France, 60 years later and 55 years after the establishment of diplomatic relations, the Sino-French exchanges and friendship have come into reality from dreams.

场景 28

Scènes Scenes

刘祥生和希尔维娅娜·罗森博格在“中国潍坊国际风筝会”一起放飞孙悟空风筝。

LIU Xiangsheng et Sylviane Rozenberg font voler ensemble le cerf-volant de Roi singe au Festival International du Cerf-volant de Weifang.

Liu Xiangsheng and Sylviane Rozenberg flied *The Monkey King kite* together at the China Weifang International Kite Festival.

潍坊市滨海区　Arrondissement Binhai à Weifang　Binhai development zone, Weifang City, Shandong Province

2019 年 4 月 20 日 潍坊市滨海区

Le 20 avril 2019, Arrondissement Binhai, Weifang

Binhai development zone, Weifang City, Shandong Province

April 20, 2019

· 2019 年 4 月 20 日，在中法合拍电影《风筝》中宋小青的饰演者刘祥生的陪同下，尼可尔的饰演者希尔维娅娜 · 罗森博格和她的丈夫罗森博格，来到了被誉为风筝故乡的中国山东省潍坊市。

Le 20 avril 2019, accompagnés par LIU Xiangsheng, acteur de SONG Siao Tsing du film *Cerf-volant du bout du monde*, l’actrice de Nicole, Sylviane Rosenberg et son mari sont arrivés à Weifang, capitale du cerf-volant de Chine dans la province du Shandong.

On April 20, 2019, With the company of Liu Xiangsheng who played Song Xiaoqing in the film *The Magic of the Kite*, Sylviane Rozenberg who played Nicole and her husband Mr. Rozenberg arrived in Weifang City, Shangdong Province, China. Weifang City has the fame as the hometown of kites.

第 36 届潍坊国际风筝会

36e édition du Festival International du Cerf-volant de Weifang

36th Weifang International Kite Festival

· 1989 年，中国政府批准成立国际风筝联合会，总部就设在潍坊，目前，在这里已经举办了 36 届潍坊国际风筝会，今年也是参加国家最多的一届，共有 65 个国家和地区的参赛选手参加。

En 1989, le gouvernement chinois a approuvé la création de la Fédération Internationale du Cerf-volant dont le siège se situe à Weifang. Cette année, pour sa 36e édition, le Festival International du Cerf-volant de Weifang compte le plus grand nombre de pays participants, soit au total 65 pays et régions.

In 1989, Chinese government granted the founding of International Kite Federation, whose headquarter is located in Weifang City. So far, 36 Weifang International Kite Festivals have been held. And this year's festival is the largest with most participating countries, contestants from 65 countries and regions attended the festival.

36th Weifang International Kite Festival
哈萨克斯坦
Kazakhstan

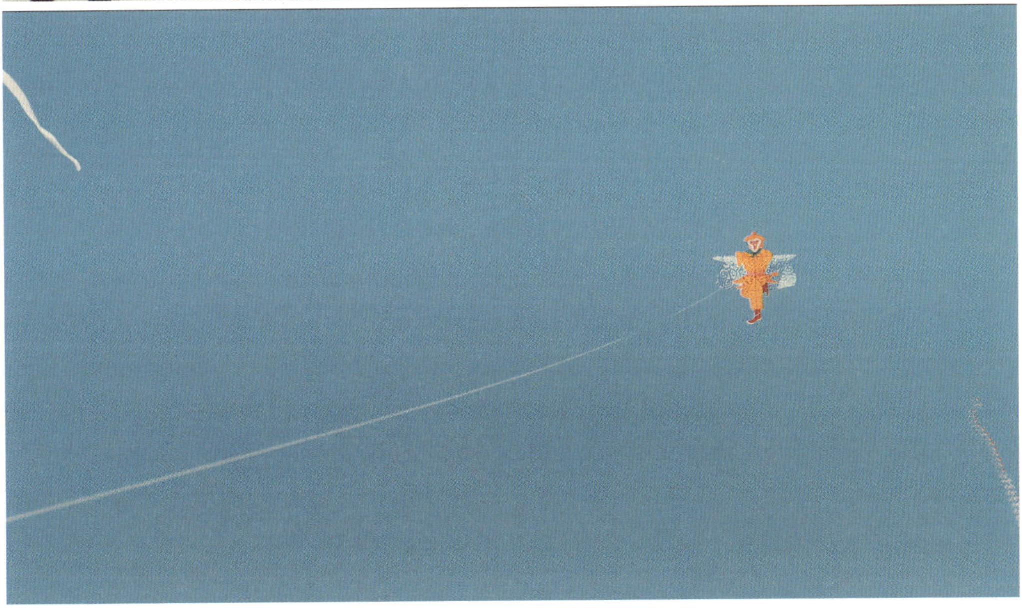

刘祥生和希尔维娅娜·罗森博格　LIU Xiangsheng et Sylviane Rozenberg　Liu Xiangsheng and Sylviane Rozenberg

· 在潍坊市滨海区国际风筝放飞场，3000余平方米世界最大风筝、900余平方米的国旗风筝也都是首次亮相，在这里，中法合拍电影《风筝》中宋小青的饰演者刘祥生，尼可尔的饰演者希尔维娅娜·罗森博格，一起放飞了象征着中法友谊的孙悟空风筝。

Sur le terrain de vol des cerfs-volants à Weifang, le plus grand cerf-volant au monde mesure plus de 3000 mètres carrés, et le cerf-volant du drapeau national fait environ 900 mètres carrés. Ils ont fait leur première apparition au monde. C'est ici-même que dans le film *Cerf-volant du bout du monde*, Liu Xiangsheng qui incarna SONG Siao Tsing et Sylviane qui joua Nicole ont lancé ensemble《le cerf-volant de Roi singe》qui symbolise l'amitié sino-française.

The largest kite in the world which is about 3000 square meters in size and a national flag kite which is about 900 square meters in size made their debut in the International Kite Flying Field, which is located in Binhai development zone, Weifang City. At the same place, Xiangsheng Liu, who played Song Xiaoqing in the film *The Magic of the Kite*, and Sylviane Rozenberg who played Nicole in the film, are flying the Monkey King kite which symbolizes the Sino-French friendship.

一个故事
两种文化
穿越历史到今天
一只风筝
两种情感
跨越四海来相会

一个故事
两种文化
穿越历史到今天
风筝 风筝飞呀飞
连接友谊和文明
风筝 风筝飞呀飞
放飞梦想和希望

Un cerf-volant,
deux sentiments,
ont convergé des quatre mers.
Une légende,
deux cultures,
émergent aujourd'hui de l'histoire.

Vole ! Vole ! Cerf-volant,
relie l'amitié et la culture
Vole ! Vole ! Cerf-volant,
fait voler nos idéaux et espoirs.

A tale of two cultures,
passing through history to the present.
The magic of the kite,
connects two kinds of emotions,
which have come to meet after crossing oceans.
A tale of two cultures,
passing through history to the present.
The kite flies and flies,
connecting friendship and civilizations.
The kite flies and flies,
setting free the dreams and hopes.

纪念中法首部

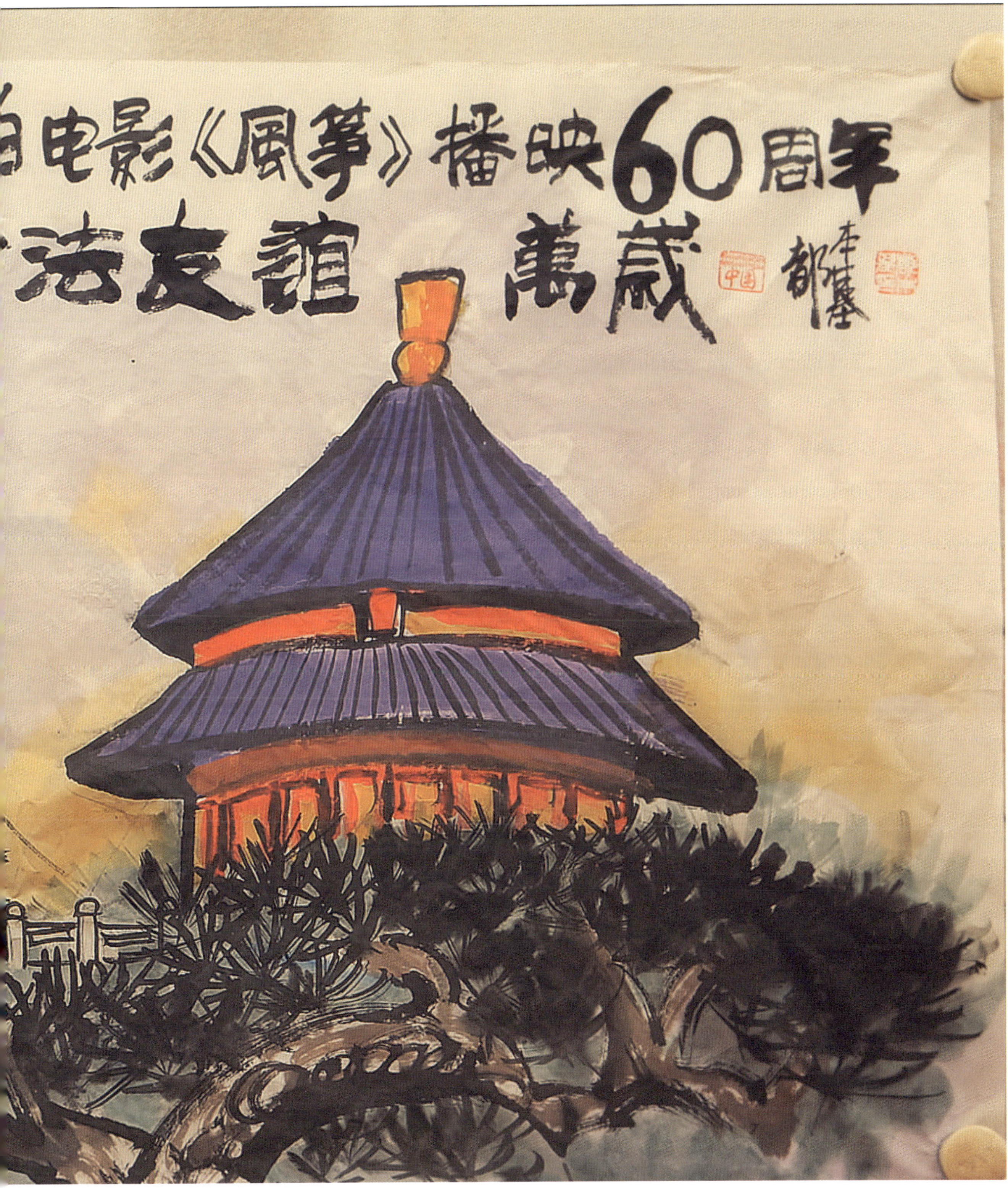
电影《風箏》播映60周年
法友誼萬歲

片尾字幕

Sous-titre de la fin du film

出品人：王刚　董青　胥正群　辛少毅

Producteurs : WANG Gang DONG Qing XU Zhengqun XIN Shaoyi

Producers: Wang Gang Dong Qing Xu Zhengqun Xin Shaoyi

总策划：　姜海清

Planificateur en chef : JIANG Haiqing

Chief planners: Jiang Haiqing

总监制：　姚永晖　井水清

Producteur exécutif : YAO YonghuiJING Shuiqing

Executive Producers: Yao YonghuiJing Shuiqing

策　划：　郭本敏　张建伟　辛少毅

Planificateur : GUO Benmin ZHANG Jianwei XIN Shaoyi

Planners: Guo BenminZhang Jianwei Xin Shaoyi

监　制：王媛媛　张力　朱勤效

Superviseurs : WANG Yuanyuan ZHANG Li ZHU Qinxiao

Supervisors: Wang Yuanyuan Zhang li Zhu Qinxiao

总制片人：　郑子　辛少毅

Producteurs généraux : ZHENG Zi XIN Shaoyi

General producers: Zheng Zi Xin Shaoyi

监理制片人：　孔伟娜

Producteur de supervision : KONG Weina

Supervising producer: Kong Weina

制片人：许峰　杨建

Producteurs de film : XU Feng YANG Jian

Film producers: Xu Feng Yang Jian

总导演：辛少英　许峰

Réalisateurs en chef : XIN Shaoying XU Feng

Chief directors: Xin Shaoying Xu Feng

撰稿：许峰

Rédacteur : XU Feng

Copywriter: Xu Feng

编导：张仲伟　郑晓佳　窦梦莎　王哗烽　李忠仁　李婧琪

Cinéastes : ZHANG Zhongwei ZHENG Xiaojia
DOU Mengsha WANG Huafeng
LI Zhongren LI Jingqi

Playwright directors: Zhang Zhongwei Zheng Xiaojai
Dou Mengsha Wang Huafeng
Li Zhongren Li Jingqi

摄影：沈非然　翟慈峰　邵 可　陈 超　侯继超　刘仲淼　裴少存

Photographes : SHEN Feiran ZHAI Cifeng SHAO Ke CHEN Chao
HOU Jichao LIU Zhongmiao PEI Shaocun

Cameramen: Shen Feiran Zhai Cifeng Shao Ke Chen Chao
Hou Jichao Liu Zhongmiao Pei Shaocun

摄影助理：杨 帆　任相仲　李 巍　段 旭　许洪铭　李子齐　刘经伦　韩舜丞

Assisant de photographie : YANG Fan REN Xiangzhong LI Wei DUAN Xu
XU Hongming LI Ziqi LIU Jinglun HAN Shuncheng

Assistant cameramen: Yang Fan Ren Xiangzhong Li Wei Duan Xu
Xu Hongming Li Ziqi Liu Jinglun Han Shuncheng

灯光：闵正章 董要龙 董福龙

Lumière : MIN Zhengzhang DONG Yaolong DONG Fulong

Lighting: Min Zhengzhang Dong Yaolong Dong Fulong

制片经理：李妍妍

Directeur de production : LI Yanyan

Production manager: Li Yanyan

海外制片：佟爱明 周萍 荆磊

Producteurs à l'étranger : TONG Aiming ZHOU Ping JING Lei

Overseas Producers: Tong Aiming Zhou Ping Jing Lei

翻译：张鹏 王璇 苏原 王金华 武峥灏 杨子萱

Traducteurs : ZHANG Peng WANG Xuan SU Yuan WANG Jinhua
WU Zhenghao YANG Zixuan

Translators: Zhang Peng Wang Xuan Su Yuan Wang Jinhua
Wu Zhenghao Yang Zixuan

片头题字：都本基

Inscription du titre : DU Benji

Inscription of title: Du Benji

《风筝·风筝》主题曲作曲和作词：果敢（中国）

Composition et paroles de la chanson principale : GUO Gan (Chine)

Composer and song writer: Guo Gan (China)

.

《风筝·风筝》主题曲法文翻译：Weili Pégouret .（法国）

Traducteur en français de la chanson principale : Weili Pégouret (France)

French translation: Weili Pégouret (France)

编曲：果敢 （中国） Sébastien Damiani （法国）

Arrangement : GUO Gan (Chine) Sébastien Damiani (France)

Music arrangers: Guo Gan (China) Sébastien Damiani (France)

演唱：果敢 （中国） Clara Brunel （法国）

Chanteurs : GUO Gan (Chine) Clara Brunel (France)

Singers: Guo Gan (China) Clara Brunel(France)

二胡演奏：果敢 （中国）

Erhu : GUO Gan (Chine)

Erhu: Guo Gan (China)

钢琴演奏： Sébastien Damiani （法国）

Piano : Sébastien Damiani (France)

Piano: Sébastien Damiani (France)

打击乐演奏： Sébastien Damiani （法国）

Musique de percussion : Sébastien Damiani (France)

Percussion music: Sébastien Damiani (France)

乐曲录音师 : Denis Filosa

Ingénieur de son : Denis Filosa

Music recording: Denis Filosa

录音地点 :Labo Klandestino （法国 马赛）

Lieu d'enregistrement : Labo Klandestino (Marseilles, France)

Recordplace: Labo Klandestino (Marseilles, France)

录音室经理 : Fred Anfonce

Directeur du studio d'enregistrement : Fred Anfonce

Studio Manager: Fred Anfonce

声音合成：瞿卫军

Mixeur de son : QU Weijun

Sound mixer: Qu Weijun

采访录音：车宏伟

Enregistrement d'interview : CHE Hongwei

Interview recording: Che Hongwei

解说配音 ：郭煜 Olivier Grandjean

Severine Grandjean

Doublage de narration : GUO Yu Olivier Grandjean

Severine Grandjean

Film dubbing: Guo Yu

Olivier Grandjean

Severine Grandjean

剪辑 ：周强 段旭 李思祥

Edition de film : ZHOU Qiang DUAN Xu Li Sixiang

Film editing: Zhou Qiang   Duan Xu Li Sixiang

字幕：段旭 李鑫

Sous-titre : DUAN Xu LIN Xin

Captions: Duan Xu Li Xin

调色：刘雨清

Tonifiant : LIU Yuqing

Toning: Liu Yuqing

摄制单位：

五洲传播出版社

中央新闻纪录电影制片厂（集团）

潍坊国际风筝会综合服务中心

新影华安（北京）文化发展有限公司

瑞丰洋国际文化传媒（北京）有限公司

浙江新影华军文化发展有限公司

Unités de film :

Centre de Communication International de Chine (CICC)

Studio Central d'actualités et de films documentaires de Chine (Groupe)

Centre de service général du Festival International de Cerf-volant de Weifang

Développement culturel de Xinying Huaan (Pékin)S.A.R.L

Culture et médias International de Ruifengyang (Pékin) S.A.R.L

Développement culturel de Xinying Huajun de Zhejiang S.A.R.L

Film units:

China Intercontinental Communication Center (CICC)

China Central Newsreels & Documentary Film Studio (Group)

Comprehensive Service Center of Weifang International Kite Festival

Xinying Huaan(Beijing) Cultural Development Co. LTD

Ruifengyang International Culture and Media(Beijing) Co. LTD

Zhejiang Xinying Huajun Cultural Development Co. LTD

出品单位：

浙江新影华军文化发展有限公司

五洲传播出版社

新影华安（北京）文化发展有限公司
瑞丰洋国际文化传媒（北京）有限公司

Unités de production :
Développement culturel de Xinying Huajun de Zhejiang S.A.R.L
Centre de Communication International de Chine (CICC)
Développement culturel de Xinying Huaan (Pékin)S.A.R.L
Culture et médias International de Ruifengyang (Pékin) S.A.R.L

Production Units:
Zhejiang Xinying Huajun Cultural Development Co. LTD
China Intercontinental Communication Center (CICC)
Xinying Huaan(Beijing) Cultural Development Co. LTD
Ruifengyang International Culture and Media(Beijing) Co. LTD

后记

在中宣部对外推广局指导下，由五洲传播出版社、中央新闻纪录电影制片厂（集团）、潍坊国际风筝会综合服务中心、新影华安（北京）文化发展有限公司、瑞丰洋国际文化传媒（北京）有限公司、浙江新影华军文化发展有限公司联合摄制了《风筝·风筝》这部纪录电影。

在撰写本书后记的时候，纪录电影《风筝·风筝》已经在全国公映一个多月了，作为影片的撰稿和总导演之一，回想这部电影的创作历程，首先想到的一个关键词是“感谢”，感谢我们一起创作的伙伴，感谢我们这部联合摄制单位的领导的鼓励和支持，感谢给予我们这部影片支持的领导、朋友们。

首先感谢我所在单位中央新闻纪录电影制片厂（集团）党委书记、董事长姜海清、总经理姚永晖、副总经理郭本敏，副总经理赵捷，还有我们许多同事给予我的支持、帮助和鼓励。我至今还记得2020年7月，在我们集团组织的观摩会上，党委书记、董事长姜海清，还有许多同事给予这部影片的建议和鼓励。

说起电影《风筝·风筝》的源起，还是在2018年春节前。当时，瑞丰洋国际文化传媒（北京）有限公司的总经理辛少毅到我们单位找到部门的主任郑子。他说，想翻拍新中国第一部中法合拍电影《风筝》，郑子主任让我来帮着策划；我说，电影《风筝》的主题是寻找友谊，当时拍摄的背景是西方主流国家包括法国还没有和中国建交，而2019年将迎来中法建交五十五周年，由于时代背景不同，因此不建议翻拍，但是可以拍摄一部纪录电影。以当年电影《风筝》为线索，讲述当年电影台前幕后的故事，通过影片中的主创和演员呈现60年后中法两国人民通过电影梦结下的友谊。这个建议得到他们肯定和支持，感谢他们的信任和支持，让我来创作这部电影。

对于这部影片还要感谢潍坊市政府副市长马清民，还有电影《风筝·风筝》的出品人——山东华安集团董事长王刚、副总经理胥正群，以及潍坊国际风筝会综合服务中心主任张建伟，还有出品单位五洲传播出版社的王媛媛、孔维娜、杨建，尤其是本片的制片人杨建，给予了我们这部影片许多好的建议。我还要感谢北京电影制片厂演员剧团的团长著名演员臧金生，是他帮助我们寻找联系到了电影《风筝》导演王家乙的女儿王晓莲；感谢著名音乐制作人王国欢帮我联系寻找采访对象；感谢在法国的周萍，是她帮我们寻找到了电影《风筝》法国编剧安东尼·杜达尔的女友薇薇安；感谢旅法华人王金华，是她在法国帮助我们寻找到了电影《风筝》中周培琴的饰演者华卫民；感谢我们影片的另一位导演辛少英大姐以及这部影片的采访对象们。其实，我想感谢的人还有很多，就不一一列举了。

纪录电影《风筝·风筝》，从立项拍摄方案的撰写，以及采访拍摄，乃至后期制作，历时一年半。我们在创作的过程中始终坚持求真，在影片拍摄中，都是纪实抓拍，没有摆拍。由于采访大多是由我亲自完成，在后期剪辑、撰写解说词的过程中，进展非常顺利。我是在2019年7月中旬开始正式进行剪辑和解说词创作的，但是在影片剪辑一半，解说词撰写到一半时，2019年8月初，老父亲去世，创作搁置了半个月的时间。2019年8月底，我完成了第一稿96分钟的创作。当时CCTV9的负责人梁红安排制片人田源组织有关人员审看本片时，希望影片时长控制在80多分钟，于是就有了影片现在的长度81分钟。我们还创作了时长66分钟的版本，那是为法国国家电视台TV5Monde播出制作的版本。2019年11月4日，北京时间20点55分，该台播出了66分钟纪录片《风筝·风筝》，法国电视台选择这一天播出，是配合法国总统马克龙出席在上海举行的中国国际进口博览会。

我想《风筝·风筝》这部电影作品，乃至这本书的面世，不仅是致敬60多年前我的前辈们用电影开创的电影外交的先河，也是一种传承和延续，我想本片的创作完成，得益于我们祖国的繁荣富强，也得益于我们的伟大时代。

许峰

2021年7月16日

Postface

Sous la direction du Bureau de Vulgarisation externe du Ministère de la Propagande centrale, Centre de Communication International de Chine (CICC), Studio central d'Actualités et de Films documentaires de Chine (Groupe), Centre de Service général du Festival International de Cerf-volant de Weifang, Développement culturel de Xinying Hua'an (Pékin) S.A.R.L, Culture et Médias International de Ruifengyang (Pékin) S.A.R.L, ainsi que Développement culturel de Xinying Huajun de Zhejiang S.A.R.L ont produit conjointement le film documentairc *Cerf-volant·cerf volant*.

Au moment de cette rédaction, le film documentaire *Cerf-volant·cerf-volant* est sorti dans les salles de cinéma en Chine domestique depuis plus d'un mois. Comme scénariste et l'un des principaux réalisateurs généraux du film, en réfléchissant à sa création, un des premiers mots qui vient à l'esprit est « merci », merci aux partenaires avec lesquels nous avons travaillé ensemble, merci aux dirigeants de nos unités de coproduction pour leur encouragement et soutien, et merci aux dirigeants et amis pour leur support.

Je tiens tout d'abord à remercier JIANG Haiqing, secrétaire du Comité de Parti et président-directeur général, YAO Yonghui, directeur général, GUO Benmin, directeur général adjoint, et ZHAO Jie, directeur général adjoint de mon unité de travail Studio central d'Actualités et de Films documentaires de Chine (Groupe), ainsi que beaucoup de nos collègues pour leur soutien, aide et encouragement. Je me rappelle encore qu'en juillet 2020, lors de la réunion d'observation organisé par notre groupe, JIANG Haiqing, le secrétaire du Comité de Parti et président-directeur général, et de nombreux collègues nous ont accordé des propositions et encouragement pour ce film.

Quant à l'origine du film *Cerf-volant·cerf-volant*, c'était avant la Fête du Printemps 2018 où XIN Shaoyi, directeur général de Culture et Médias International de Ruifengyang (Pékin) S.A.R.L vint dans notre unité chercher ZHENG Zi, notre directeur de département. M. XIN dit que « je voudrais refaire le premier film de coproduction sino-française *Cerf-volant du bout du monde* ». Le directeur ZHENG Zi me demanda de le planifier. Je répondis que « le thème du film *Cerf-volant du bout du monde* était à la recherche de l'amitié. Le fond du film était que les principaux pays occidentaux, dont la France, n'avaient pas encore établi de relations diplomatiques avec la Chine. Par contre, l'année 2019 marquerait le 55e anniversaire de l'établissement des relations diplomatiques entre la Chine et la France. En raison de différents contextes de l'époque, il n'est pas recommandé de le refaire, mais de tourner un film documentaire en utilisant le film *Cerf-volant du bout du monde* comme indice pour raconter des histoires en coulisses, et représenter l'amitié nouée entre les peuples chinois et français 60 ans plus tard par le rêve du film à travers les principaux créateurs et acteurs ». Cette proposition reçut leur approbation et soutien, merci pour leur confiance et support, m'ayant confié à la création de ce film.

Je tiens à remercier MA Qingmin, vice-maire du gouvernement municipal de Weifang, les producteurs du film *Cerf-volant·cerf-volant*, WANG Gang, président-directeur général et XU Zhengqun, directeur général adjoint de Groupe Hua'an de Shandong, et aussi ZHANG Jianwei, directeur du Centre de Service général du Festival International de Cerf-volant de Weifang, ainsi que WANG Yuanyuan, KONG Weina et YANG Jian de l'unité de production Centre de Communication International de Chine (CICC), et surtout le producteur YANG Jian qui nous a accordé de nombreuses bonnes recommandations. Je tiens également à remercier le célèbre acteur ZANG Jinsheng, chef de la troupe des acteurs du Studio cinématographique de Pékin, qui nous a aidé à retrouver la fille de WANG Kia-yi, réalisateur du film *Cerf-volant du bout du monde*. Je voudrais remercier le producteur de musique WANG Guohuan pour nous donner un coup de main à retrouver des interviewés, et ZHOU Ping de France qui nous a prêté l'assistance à retrouver Viviane, copine d'Antoine Tudal, scénariste français du film *Cerf-volant du bout du monde*. Je tiens à remercier encore WANG Jinhua, une chinoise séjournant en France pour nous aider à retrouver en Fance HUA Weimin, actrice de ZHOU Peiqin dans le film *Cerf-volant du bout du monde*. De nouveau, je voudrais remercier l'autre réalisatrice du film, Mme. XIN Shaoying, ainsi que d'autres interviewés. En effet, il y a beaucoup de monde que je voudrais remercier et je ne les citerai pas toutes.

Le film documentaire *Cerf-volant·cerf-volant* a duré un an et demi, de la rédaction du plan de tournage, du tournage et des interviews à la postproduction. Pendant la processus de la création, nous avons toujours insisté sur la recherche de la vérité. Dans le tournage du film, nous ne faisions que des saisies documentaires, sans aucune pose. Puisque la plupart des interviews ont été réalisés par moi personnellement, le parcours de montage et de rédaction des commentaires s'est bien déroulé. Je commençai à faire des montages formels et à rédiger des commentaires en mi-juillet 2019, mais à la moitié de ces travails, soit début août 2019, le vieux père mourut et la création resta en suspens pendant un demi-mois. Fin août 2019, le premier brouillon de 96 minutes se fut achevé. Alors, LIANG Hong'an, responsable de CCTV9 demanda au producteur TIAN Yuan d'organiser quelque personnel compétent pour le réviser, espérant que sa durée fut supérieure à 80 minutes, donc, la durée actuelle fut de 81 minutes. Nous créâmes également une autre version de 66 minutes, qui fut produite pour la chaîne de télévision nationale française TV5Monde. Le 4 novembre 2019, à 20h55, heure de Pékin, TV5Monde diffusa ce documentaire *Cerf-volant·cerf-volant* de 66 minutes. La chaîne de télévision choisit cette journée pour coïncider avec la présence du président français Macron à l'Expo d'Import International de Chine à Shanghai.

Je pense que le film *Cerf-volant·cerf-volant* et même la publication de ce livre ne sont pas juste un hommage rendu à la diplomatie cinématographique initiée par mes prédécesseurs il y a plus de 60 ans, mais une sorte d'héritage et de continuité. Je crois que l'accomplissement de ce film est de façon plus générale grâce à la prospérité de notre pays et à notre grande époque.

XU Feng

le 16 juillet 2021

Postscript

Under the guidance of the External Promotion Bureau of the Publicity Department of the Communist Party of China, the documentary film "Kite·Kite" has jointly been produced by China Intercontinental Communication Center (CICC), China Central Newsreels and Documentary Film Studio (Group), Comprehensive Service Center of Weifang International Kite Festival, Xinying Huaan (Beijing) Cultural Development Co., Ltd., Ruifengyang International Culture and Media (Beijing) Co., Ltd and Zhejiang Xinying Huajun Cultural Development Co., Ltd.

By the time of writing the postscript of this book, the documentary film "Kite·Kite" had been being screened nationwide for more than a month. As the writer and one of the chief directors of the film, recalling the creation process of this film, the first keyword that I thought is gratitude: gratitude to the partners creating the film together, to the leaders of the co-producing institutions for their encouragement and support, and to the leaders and friends who have given us support for this film.

Above all, I would like to thank the leaders of the institution where I work, which is China Central Newsreels and Documentary Film Studio (Group), who are the Secretary of the Party Committee and Chairman Jiang Haiqing, General Manager Yao Yonghui and Deputy General Manager Guo Benmin and Zhao Jie, as well as many of my colleagues, for their support, help and encouragement. I still remember the suggestion and encouragement for this film given by our Group's Secretary of the Party Committee and Chairman Jiang Haiqing and by many colleagues at the film preview meeting organized by our Group in July 2020.

Speaking of the origin of the movie "Kite·Kite", it was before the Spring

Festival of 2018. At that time, Xin Shaoyi, the General Manager of Ruifengyang International Culture and Media (Beijing) Co., Ltd, came to our institution for Zheng Zi, the director of our department. Mr. Xin said he wanted to re-make the first Sino-French co-produced film in New China *The Magic of the Kite*. Director Zheng Zi asked me to help plan it. I said as follows: The theme of the movie *The Magic of the Kite* was to find friendship. The background when it was filmed was that the mainstream western countries, including France, had not established diplomatic relations with China, while the year of 2019 would usher in the 55th anniversary of the establishment of diplomatic relations between China and France. Due to the different backgrounds of the times, I recommended not to re-make the film but to make a documentary film, with the old movie *The Magic of the Kite* as a clue,telling the stories behind the screen of the movie and present the friendship between Chinese and French people 60 years later, which was condensed by the film dream through the main creators and actors in the film. This suggestion was affirmed and supported by them. Thanks to their trust and support, they let me create this movie.

Due to this film, I would also like to thank: Ma Qingmin, the Deputy Mayor of Weifang Municipal Government; the Producers of the film "Kite·Kite" Wang Gang and Xu Zhengqun, who are Chairman and Deputy General Manager of Shandong Huaan Group respectively; Zhang Jianwei, the Director of Comprehensive Service Center of Weifang International Kite Festival; Wang Yuanyuan, Kong Weina and Yang Jian from the production institution China Intercontinental Communication Center (CICC); especially Yang Jian, the producer of this film, for his many pieces of good suggestion for this film. I would also like to thank the famous actor Zang Jinsheng, the leader of the Beijing Film Studio Actors Troupe, for his helping us find out the daughter of Wang Jiayi, the director of the movie *The Magic of the Kite*. I would also thank the famous music producer Wang Guohuan for his assistance in looking for and contacting the interviewees. I would also thank Zhou Ping in France. It was she who helped us find Vivian, the girlfriend of the French screenwriter of the film *The Magic of the Kite*. I should also thank the French Chinese Wang Jinhua. It was she who helped us find Hua Weimin in France, who played Zhou Peiqin in the movie *The Magic of the Kite*. I also want to thank the other director of our film, an elder sister Xin Shaoying, and also our interviewees. In fact, there are so many people I want to thank that I couldn't list them all one by one.

The process of the documentary film "Kite·Kite", from writing the project plan and the shoot plan to interviewing, shooting and the post-production, lasted one and a half years. During the creation process, we always insisted on seeking the truth. During the filming, we took a documentary capture, no posing for the shoot. Because most of the interviews were made by me, the process of editing and writing the commentary went very smooth. I started to edit and create the commentary in mid-July 2019. But at the beginning of August 2019, while the film editing and the commentary writing were going halfway, my old father passed away. The creation was put on hold for half a month. At the end of August 2019, the first draft of a 96-minute version was completed. At that time, Liang Hong, in charge of China's CCTV9, arranged the producer Tian Yuan to organize relevant personnel to review the film. Mr. Tian hoped that the length of the film would be around 80 minutes. So the current length of the film is 81 minutes. We also created a 66-minute version, which was produced for the French national television station TV5MONDE. At 8:55 pm Beijing time on November 4, 2019, TV5MONDE broadcasted the 66-minute documentary "Kite·Kite". That the French TV station chose to broadcast it on this day was to cooperate with French President Macron's attendance at the China International Import Expo in Shanghai.

I think that the movie "Kite·Kite" and even the publication of this book is not only a tribute to the film diplomacy pioneered by my predecessors more than 60 years ago, but also a kind of inheritance and continuation of that. I think the completion of the creation also benefits from the prosperity of our motherland and from our great era.

XU Feng

July 16, 2021